"배꼽! 배꼽! 배꼽!
살짝 깎다만 겨드랑이!"

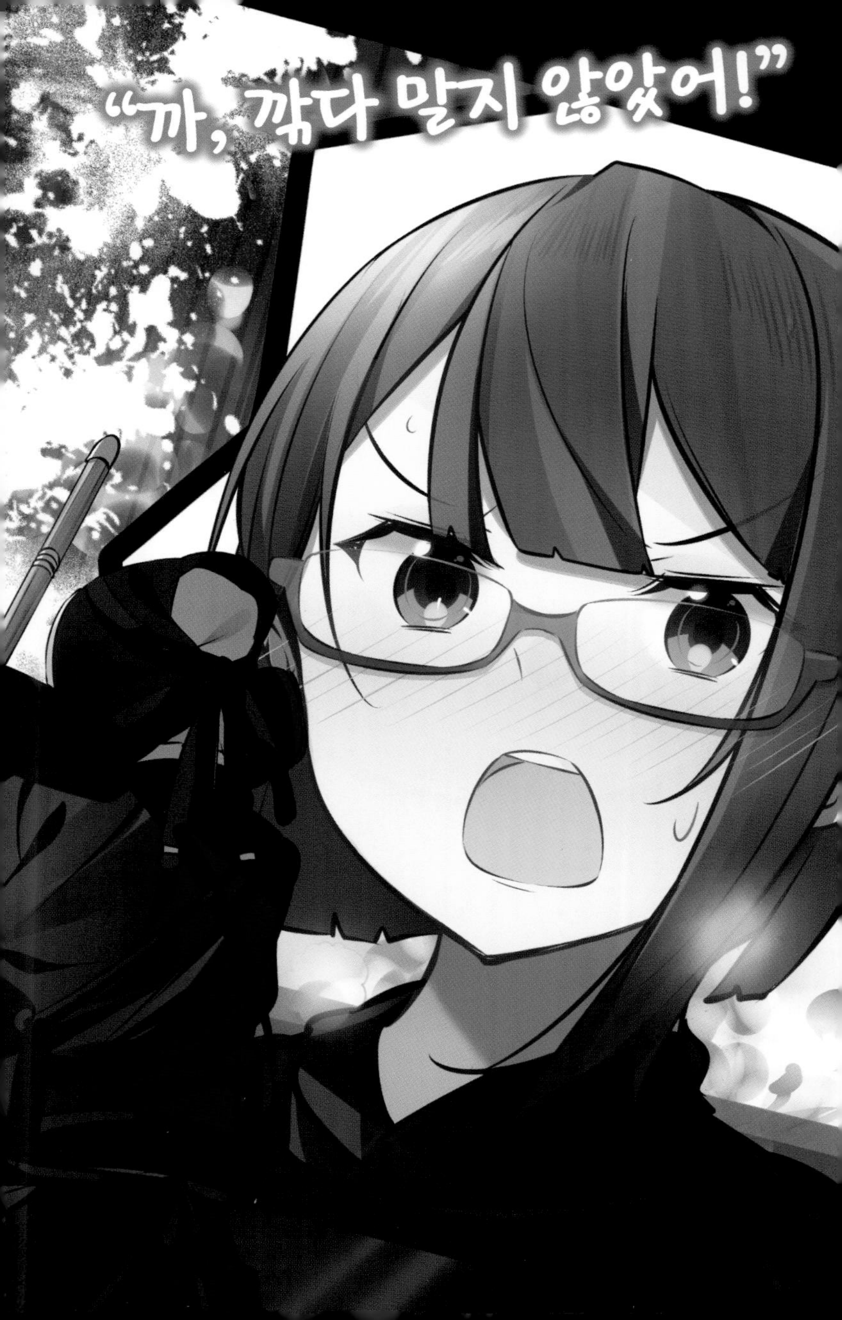
"까, 깎다 말지 않았어!"

# CONTENTS

Is it tough being "a friend"?

YASUSHI DATE

다테 야스시 지음
일러스트

Is it tough
being "a friend"?

# 친구 캐릭터는 어렵습니까? ③

# 프롤로그


그대는 알고 있는가?

이 세계가 '나락의 사도'라는 무시무시한 이형 괴물들에게 위협받고 있다는 사실을.

놈들은 인간 모습으로 둔갑해 교묘하게 인간 사회에 숨어들어 있다. 그리고 오늘도 어딘가에서 현대과학으로는 설명하기 어려운 괴이한 사건을 일으키고 있다.

만약 그대 주변에 어딘가 수상쩍은 아저씨가 있다면……부디 주의하기를 바란다. 그놈은 사도일지도 모른다. 시무라 켄(志村けん:1950년 2월 20일 ~. 일본의 개그맨)일 가능성도 있지만 어느 쪽이든 주의하라.

단. 그렇다 하더라도 절망할 필요는 없다.

이 세계에는 히어로가 있기 때문이다. 히노모리 류가라는 이름의 위대한 【황룡】을 수호신으로 지닌 믿음직한 주인공의 존재가 있기 때문이다.

류가는 동료들과 함께 남모르게 '나락의 사도'와 싸우고 있다. 고등학교 생활을 보내는 이면에서 이미 사도의 왕인 【마신】을 둘이나 격파했다.

그야말로 인류의 희망—— 하지만 그가 남장한 소녀라는 사실은 여기에서만 밝히는 비밀이다.

제1부에서는 류가의 여동생 · 히노모리 쿄카를 숙주로

삼아 부활한 【마신】 혼돈이.

제2부에서는 류가의 친구·코바야시 이치로를 숙주로 삼아 부활한 【마신】 도철이.

두 마신 모두 장렬한 격투로 훌륭하게 물리쳤다. 참고로 【마신】은 사흉(四凶)이라 불리며, 아직 궁기와 도올 둘이 남아 있다. 【마신】은 패배하면 개심해 그 뒤로는 류가에게 힘을 빌려주는 존재가 된다. 그런 시스템으로 만들 생각이다.

그리고 드디어 이야기는 반환점…… 제3부로 돌입하게 되었다. 그런데.

유감스럽게도 이 타이밍에서 인터벌을 맞이했다. 본편을 안주 삼아 서브 스토리가 끼어버린 것이다.

──메인 캐릭터 중 한 사람인 '참무(斬舞)의 검사', 아오가사키 레이.

사신(四神)을 수호신으로 지닌 류가의 동료 히로인들. 그중 【청룡】을 담당하는 그녀가.

검사(劍士) 캐릭터이며 글래머 캐릭터인 쿨한 전통 미인이.

놀랍게도 이번에 결혼한다는 것이다──.


그런 이유로 이번 이야기는 번외편이다.

갑작스러운 사태에 당연하지만 류가와 동료들은 당황했다. 물론 나── 코바야시 이치로에게도 아닌 밤중에 홍두깨 같은 이벤트였다.

'그래도 시작해버린 건 어쩔 수 없지. 지나치게 연거푸 【마신】이 부활하는 것도 생각해볼 문제야. 이 페이스로는 눈 깜짝할 사이에 엔딩을 맞이해버리니까…….'

나로서도 지금 상태로 이야기가 끝난다면 상당히 곤란하다. '제2부의 최종 보스'에서는 해방되었지만 아직 '류가의 세미남친'에서는 벗어나지 못했기 때문이다.

이전의 '주인공 친구 캐릭터'로 돌아갈 때까지는 막을 내리게 할 수는 없다. 그러지 않으면 내가 류가와 결혼해버릴 위험이 있다.

'긍정적으로 생각하자. 이번 서브 스토리는 기회라고. 이 기회에 어떻게든 류가의 신통찮은 친구로 컴백하는 거야!'

이 에피소드는 어디까지나 아오가사키가 메인.

내 출연은 많지 않을 것이다. 주인공인 류가라면 모를까 류가의 친구가 나오는 장면 따위 5분도 되지 않으리라 예상된다.

'내가 제2부에서 너무 튀었지……. 한동안 출연을 삼가고 친구 캐릭터로 복귀하는 데에만 전념하자. 그만큼 이번에는 아오가사키 선배가 튀어줘야 해.'

이런 막간에 친구 캐릭터를 심층적으로 다루는 건 결코 나쁜 선택이 아니다.

뭣하면 나머지 유키미야, 엘미라, 쿠로가메에게도 서브 스토리가 있어도 괜찮다. 적 캐릭터인 미온, 쥬리, 키키도 언젠가는 조명을 받기를 바란다.

……생각해보면 이 이야기도 어지간히 등장인물이 늘어났다.

 이 모두가 과하거나 부족함 없이 적절하게 활약하기는 어렵다. 내가 작가라면 후회할 일이다.

 '그런데 이번 에피소드, 궁금하기도 하단 말이지……. 결혼이라니 어떻게 된 일이야?'

 아오가사키 레이는 사신의 리더격이다. 그리고 중요한 히로인 중 한 명이다.

 멋대로 골인당하는 건 좀 곤란하다. 애써 캐릭터를 깊이 파고들더라도 누군가의 여자가 되면 의미가 없다. '남의 부인'은 상당히 위험한 속성이다.

 '애초에 아오가사키 선배는 나와도 플래그를 제법 세웠어. 플래그가 꺾이는 건 기뻐해야 할지도 모르지만 어디서 굴러먹던 놈인지도 모르는 녀석에게 빼앗기는 건…….'

 그렇다고 해서 "우리 레이는 줄 수 없다!"라고 밥상을 뒤집어엎으며 화낼 수는 없다. 평범한 조역(지망)인 나에게 그럴 권리는 없다.

 아무튼 먼저 본인에게 자세한 이야기를 들어야겠다……. 그런 이유로 결혼 얘기를 안 이튿날 나는 서둘러 아오가사키의 저택에 가기로 했다. 물론 류가 일행과 함께다.

 시각은 현재, 오전 9시 45분. 우선 10시에 공원에서 합류하기로 했다.

 "……어? 이치로 군, 외출해?"

현관에서 신발을 신는데 갑자기 뒤에서 목소리가 들렸다.

돌아보자 앞치마를 두른 여고생이 한 손에 국자를 들고 서 있었다. 성격 있어 보이는 올라간 눈꼬리가 인상적인, 머리를 옆으로 묶은 미소녀다.

그녀는 사정이 있어 같이 사는 미온이라는 이름의 소녀다. 정체는 '나락의 사도' 간부—— 다시 말해 류가의 적 캐릭터다.

사도는 이처럼 사람으로 모습을 둔갑해 교묘하게 인간 사회에 숨어들어 있다. 주의하기를 바란다.

"바로 어제 퇴원했잖아? 한동안 얌전히 있지그래?"

"이제 아픈 데 없어. 찜질이면 충분해."

제2부의 최종 전투 중에 나는 왼팔에 금이 가고 말았다.

하지만 일상생활에 지장을 끼칠 정도는 아니다. 아직 여름방학은 2주쯤 남았고 2학기가 시작될 무렵에는 다 나을 것이다.

"숙제 안 해도 돼? 전혀 손대지 않았잖아."

"밤에 할게."

"저녁때는 돌아오는 거지? 더우니까 열사병 조심하고."

……엄마 같은 녀석이다. 얘는 우리 집 객식구 '나락의 삼 공주' 중에서도 가장 똑 부러진다. 지금 우리 집 가계는 전부 미온이 장악하고 있다.

"잠깐 아오가사키 선배네 다녀올게. 듣기로 결혼한다는 모양이라……."

"겨, 결혼? 아오가사키 레이가?"

내 말에 미온이 눈을 끔뻑끔뻑 깜빡거린다. 미온과 아오가사키에게는 적지 않은 인연이 있으니 놀라는 것도 당연하다.

"그게 어떻게 된 일이야? 아오가사키는 아직 고3이지? 이르지 않아?"

"그렇지. 그래서 무슨 사정인지 들으러 가는 거야."

"뭐야, 그 녀석 남자 따위에 정신이 팔려서……. 인간계를 지킬 마음이 있는 거야?"

적에게 지적당하고 말았다.

남자에게 정신을 팔지 마……. 이 충고, 주인공인 히노모리 류가에게도 꼭 들려주고 싶다.

"너는 일단 아오가사키 선배의 라이벌이니까. 역시 걱정돼?"

"아니라구! 그딴 애 안중에 없다구! 지는 건 가슴뿐이라구!"

눈꼬리가 올라간 눈을 더욱 치켜뜨고 말투가 거칠어지는 미온을 내버려두고 나는 현관문을 열었다.

그 순간 푹 찌는 열기가 내 온몸에 달라붙는다. 오전부터 이렇게 덥다니 낮에는 어떨지 상상이 간다.

"저녁밥, 텟짱 건 필요 없어. 텟짱은 아마 한동안 일어나지 않을 테니까."

"도철 님은 아직 요양 중이시구나……. 앗, 잠깐만 이치로 군."

바깥으로 나가려던 나를 미온이 갑작스레 불러 세웠다. 허둥지둥 샌들을 신더니 이상하게 가까이 다가온다.

가까이에서 보니 진짜 미인이다. 사도로 두기가 아깝다.

"뭐, 뭐야."

"당연한 거 아니야. 다녀오겠다는 키·스·지."

"남자한테 정신 팔지 마."

남 말 할 때가 아닌 여사도에게 지적하고 나는 서둘러 집을 나섰다.

# 제1장 서브스토리는 갑작스럽게

1

내가 아는 한 아오가사키 레이라는 소녀는 '두 가지 얼굴'을 가지고 있다.

——하나는 유서 깊은 검술 도장의 후계자인 엄격한 여검사로서의 얼굴.

그야말로 구도자 분위기의 엄격하고 고지식한 사무라이 걸……. 우리 오메이 고등학교에서도 그 인기는 절대적이다. 오히려 여자애들에게 받는 러브레터가 많은 것도 수긍이 간다. 남자보다 남자다우니까.

——또 한 가지는 패션에 민감하고 전형적으로 유행을 따르는 소녀로서의 얼굴.

사실 그녀는 옷과 액세서리, 화장품을 아주 좋아한다. 겉으로 보이는 고풍스러운 캐릭터와는 정반대로 뒤에서는 서양 음악을 듣고 인형을 모으고 핫요가를 하고 있다.

하지만 그 숨겨진 얼굴을 아는 이는 곤란하게도 나뿐이다.

류가도 아니고 다른 동료들도 아니고, 코바야시 이치로뿐이다.

덤으로 아오가사키는 내 센스를 높이 사 나를 그녀의 '전속 코디네이터'로 임명했다. 그것만으로도 충분한데 최근에는 어째 노골적인 대시까지 받는 상황이다.

'그러고 보니 여름방학 때 수영장에 가자고 했지. 그리고 도장 입문도 권유받았던가……. 둘 다 지금은 대답이 흐지부지되었지만.'

……생각해 보면 이상한 이야기다.

아오가사키는 틀림없이 나를 의식하고 있었다. 그 이전에는 아마도 류가를 의식하고 있었을 것이다. 쿠로가메를 제외한 히로인 세 사람은 류가가 여자란 사실을 모른다.

그런 그녀가 누구랑 결혼한다는 거지? 그토록 친밀한 상대가 있다면 여태껏 존재의 언급 정도는 있어도 될 법한데.

'말하기 미안하지만 아오가사키 선배는 절대로 연애를 잘하는 사람이 아니야. 전투 말고 여러 남자를 동시에 상대하는 건 상당히 어려운 장벽일 텐데.'

팔짱을 끼고 걷는 것도 내가 처음이라고 했다.

남자와 둘이서 저녁을 먹는 것도 내가 처음이라고 했다.

덧붙여 옷 갈아입는 모습을 훔쳐봐서 반죽음으로 만든 사람도 내가 처음이라고 했다. 그때는 류가도 함께 훔쳐봤는데 나만 얻어맞았다.

'생각해보면 나는 여러 의미로 아오가사키 선배에게 특별해진 것 같군. 설마 결혼 상대가 나는 아니겠지…….'

그런 우려를 품은 채 얼마 안 가 공원에 도착하니.

"아, 이치로. 기다렸어."

입구 바로 근처. 마침 나무로 그늘진 벤치에 앉아 있던 소년이 나를 향해 가볍게 손을 흔들었다.

몸집은 작지만 팔다리가 늘씬하게 길었다. 나뭇잎 사이로 비치는 빛으로 반짝반짝 빛나는 윤기 흐르는 큐티클 헤어. 제법 긴 뒷머리는 오늘도 수수한 검은 끈으로 묶었다.

당장에라도 아이돌 데뷔를 할 수 있을 듯한 중성적인 작은 얼굴의 미소년……. 당연히 이 이야기의 주인공, 우리의 히노모리 류가다.

그저 앉아 있을 뿐인데 역시 류가에게는 화려함이 있었다. 지금도 그 오른쪽 어깨에 동박새 한 마리가 아무런 경계도 없이 앉아 있었다. 넘치는 스타성의 조화일까.

"아, 류가. 벌써 왔어?"

"응. 그보다 왼쪽 팔 상태는 어때? 아프지는 않아?"

"괜찮아. 균열 골절은 상처 축에 들어가지 않아."

"들어간다고 생각해."

나는 그런 시답잖은 말을 주고받으며 류가 옆에 앉는다. 그 순간 동박새가 날아가버렸다.

참고로 유키미야, 엘미라, 쿠로가메는 아직 오지 않았다.

사실은 원래 합류 시간은 10시가 아니라 10시 반이다. 하지만 류가가 "둘이서 먼저 만나고 싶다"고 해서 우리만 빨리 만나기로 했다.

이게 다 현재 우리가 '연애 수행'이라 칭하는 의사 연인 관계 때문이었다.

류가는 세미남친과 보내는 시간이 조금이라도 더 많기를 바라고 있었다.

"그나저나 레이 선배…… 대체 어떻게 된 걸까. 느닷없이 결혼이라니."

잡담도 하는 둥 마는 둥 류가가 새삼 그렇게 중얼거린다. 공공장소라서 말투는 남자 버전이었다. 나로서도 크게 환영이다.

"그러고 보니 요새 레이 선배, 상태가 좀 이상했던 것 같아. 곧잘 수심에 빠져 있고, 혼자서 무언가를 끌어안고 있었는지도……."

"아무튼 아오가사키 선배에게도 이런저런 사정이 있겠지. 아마도 우리가 모르는 또 다른 얼굴도 있을 테고."

"그렇다 해도 아무리 그래도 결혼은 너무 일러."

……그 말을 네가 하는 거냐.

나와의 혼인신고 서류를 준비한 주제에. 허니문 행선지를 목록으로 만들어 건넨 주제에. 휴대전화에 등록된 내 이름을 '히노모리 이치로'로 바꾼 주제에.

아오가사키는 당연히 걱정이지만 나는 자신의 걱정도 해야 한다. 제3부가 시작되기 전에, 되도록 여름방학이 끝나기 전에 어떻게든 친구 캐릭터로 돌아가야 한다…….

"아, 그렇지 이치로."

그때 류가가 떠오른 듯이 나를 향해 몸을 돌렸다.

오늘의 그녀는 티셔츠에 치노팬츠를 입은 편한 복장이다. 무더위에도 얇은 겉옷을 걸친 이유는 가슴에 두른 천이 비치는 걸 방지하기 위해서겠지.

'이 녀석, 쓸데없이 E컵이나 되니까……. 그러고 보니 류가는 팬티는 어떻게 했을까? 남자 팬티랑 여자 팬티, 어느 쪽을 입었을까?'

혹시 트렁크라면 흥분할 자신이 없다. 머리에 쓰고 싶은 마음도 들지 않는다. 어찌 되었든 미소녀의 팬티인 건 틀림없다. 단순한 형태의 문제일 뿐인데도 나는 납득하지 못하고 있었다.

'팬티의 가치란…… 대체 뭐로 정하지? 이 문제는 철학자에게 묻는 수밖에…….'

그런 나의 고뇌는 이어지는 류가의 말로 눈 깜짝할 사이에 날아가버렸다.

"어제 혼돈과 잠깐 이야기를 했는데."

"뭐?"

갑작스럽게 나온 【마신】의 이름에 나는 깜짝 놀라 눈을 크게 뜨고 류가를 바라보았다.

혼돈—— 류가의 여동생·쿄카에게 깃들어 있는 사도의 왕 사흉 중 하나다. 제1부에서 류가에게 당한 기념할 만한 최초의 최종 보스다.

그러나 이제는 힘을 거의 다 잃고 쿄카에게 쥐여산다. 가련한 여중생을 우락부락한 아저씨가 수행하는 모습은 흡사 아이돌 매니저 같았다. 아니면 유괴범 같던가.

"혼돈과 대화를 나눴어?"

"응. 쿄카가 하도 부탁해서."

설마 도철보다 먼저 류가와 【마신】의 정상회담이 이루어 졌을 줄이야.

분명히 쿄카는 류가에게 【마신】에 대한 면역력을 키워주 려고 했겠지. 도철과의 대화가 원활하게 진행되도록 원쿠 션을 넣어준 것이리라.

——【마신】은 쓰러뜨려도 죽지 않고 언젠가 부활한다.

그 헛된 전투를 멈추기 위해 쿄카는 양 진영의 대화를 시도하고 있다. 【마신】과 화해할 수 있다면 그 부하인 '나 락의 사도'들도 휴전을 받아들일 수밖에 없다. 태곳적부터 이어져온 전투에 드디어 마침표를 찍는 것이다.

"그래서 어땠어? 화해할 수 있을 것 같아?"

몸을 내밀고 물었지만 류가는 찌푸린 얼굴로 팔짱을 끼 었다.

"으~음……. 아직 별로 신용이 안 가. 어째 인상도 더럽고."

"하, 하지만 쿄카를 거스르지는 않잖아? 오히려 사이좋 지 않아?"

"그 점도 마음에 걸린단 말이야. 그 자식, 쿄카에게 너무 딱 붙어 있어."

나도 같은 의심을 했다. 그러나 진실을 알기가 무서우므 로 되도록 건드리고 싶지 않다. 하지만.

"혼돈 말이야……. 초중학생 여자아이가 취향인 건 아니 겠지?"

말해버렸다. 류가가 거침없이 사실을 말해버렸다.

그만해. 저래 봬도 무시무시한 【마신】이라고. 사흉 중 두 사람이 롤리타 콤플렉스와 멍청이라니 '나락의 사도'들이 너무 가여워!

"그, 그건 오해야. 혼돈은 그저 쿄카의 순수함에 감동을 받아서 말이지……."

"하지만 그 자식 나한테 뭐라고 했는지 알아? '고2라고? 할망구잖아'라고 했어! 정신이 들었을 때는 후려치고 있었어!"

정상회담이 뜻하지 않게 험악해졌다. 그것도 예상치도 못한 방향으로.

"틀림없이 그 자식, 동생을 수상한 눈으로 보고 있다구! 쿄카를 그릇으로 고른 것도 분명히 취향이어서 그런 거야! 절대로 허락 못해!"

"침착해, 류가. 말투가 여자로 돌아갔어."

"나는 할망구가 아닌걸! 탱탱한 여고생인걸!"

내 주의도 듣지 않고 류가는 분개했다. 너, 일단은 남고생이란 설정이잖아…….

"힙라인도 자신 있는걸! 오늘도 브랜드 속바지인걸!"

예기치 못하게 류가의 팬티가 판명되었다. 그거라면 안심하고 뒤집어쓸 수 있다. 안 할 거지만.

……그런 클레임에 끝없이 대응하는 사이에 시각은 어느새 10시 반. 합류 예정 동료들이 오고 말았다.

다가오는 세 사람을 보고 류가는 곧바로 남자 버전이 됐다.

"모처럼 일찌감치 이치로랑 만났는데 원망만 하다 끝나버렸어……"라며 마지막에 또 투덜거렸다.

이쪽 사정 따위 꿈에도 모른 채 사복 차림 히로인들이 저마다 인사했다. 각자 타입은 다르지만 과장 없이 모두 미소녀…… 여전히 훌륭한 라인업이었다.

"히노모리 군, 코바야시 님, 기다리셨죠."

학교의 아이돌 같은 존재인 '축명의 무녀' 유키미야 시오리. 수호신은【백호】.

"어머, 빨리 오셨네요. 남자끼리 러브러브했나요?"

빨간 머리카락의 흡혈귀, '상암의 혈족' 엘미라 매카트니. 수호신은【주작】.

"에헴. 지각하지 않고 제때 왔다구!"

류가의 소꿉친구인 권법가, '성벽의 수호자' 쿠로가메 리나. 수호신은【현무】.

이 세 사람에【청룡】인 아오가사키 레이를 더한 네 명이 곧 사신──【황룡】과 함께 세계를 수호해온 성수의 현대 숙주이다. 이 이야기의 메인 캐릭터이다.

……역시 아오가사키가 가정을 이루는 건 곤란하다.

남자에게 정신 팔지 말고 배우자 따위 없는 채로 앞으로도 사신의 중심으로 활약해주기를 절실히 바란다.

이 '히노모리 류가의 이능 배틀 스토리'는 리얼드라마다. 픽션처럼 대역 따위 쓸 수 없다. 우리에게는 '참무의 검사'가── 아오가사키 레이가 필요하다.

"좋아, 그럼 갈까. 레이 선배, 집에서 기다리겠다고 하니까."

류가의 한 마디를 신호로 우리는 공원 출구로 걸어나갔다.

"그건 그렇고 놀랐습니다. 설마 레이 선배님이 결혼이라니……."

"인기가 있다는 얘기는 들었지만 어느 틈에 남자 친구를 만들었을까."

"역시 여자는 가슴인가……. 시오짱, 어떻게 생각해?"

"리나 님. 어째서 저에게 물으시는 겁니까."

그런 이야기를 주고받는 히로인들을 내버려두고.

"좀 더 이치로와 뜨겁고 달달한 연인 토크가 하고 싶었는데……."

우리의 주인공은 아직 그런 소리를 조그맣게 투덜거렸다.


2


"기다렸다. 어서 들어와."

아오가사키네 저택에 도착한 우리는 마중 나온 그녀를 따라 응접실로 갔다.

테이블을 둘러싸고 방석에 앉자 아오가사키가 차가운 보리차를 내주었다. 툇마루 바깥에 펼쳐진 정원에는 훌륭한 소나무와 벚나무가 늘어섰고 그 안쪽에 도장 건물이 엿보였다.

"생각해보니 다 함께 방문하기는 처음이로군. 오래된 집이지만 편하게 있어."

뜻밖에도 아오가사키의 상태는 평소와 다르지 않았다. 오늘도 고지식하게 교복을 입고 무사 같은 태도를 보였다. 허리까지 닿는 포니테일도 탐스럽게 달린 G컵도 평소와 다름없이 건재했다.

'더 어둡고 우울해할 줄 알았는데…… 혹시 아오가사키 선배는 결혼에 긍정적인 건가?'

일동을 둘러보자 아니나 다를까 다른 애들도 당황하고 있었다. 한껏 반대할 마음으로 왔는데 계획이 틀어져버린 모양이다.

"레이 선배. 이번 결혼 얘기는……."

그럼에도 굴하지 않고 류가가 마음먹고 말을 꺼냈다.

역시 주인공이라 해야 할 리더십이었지만 얼마 안 있어 우리는 헛다리를 짚어야 했다. 류가의 용단이 소용없어져버렸다.

……결론부터 말하면 우리의 걱정은 기우였다.

아오가사키에게 차근차근 이야기를 들은 바로 결혼이 아니라 단순히 '맞선을 보는' 것뿐인 모양이다. 그리고 애초에 이야기를 진행할 마음도 없는 듯하다.

"뭐, 뭐야…… 깜짝 놀랐네. 레이 선배가 '혼담이 들어왔다. 그에 응해야만 할 상황이다' 같은 메시지를 보내서 나는 당연히……."

휴우 하고 가슴을 쓸어내리는 류가를 보며 아오가사키는

쓴웃음을 지으며 사과했다.

"설명이 충분하지 않아 미안하군. 사실 전할 것까지도 없는 사적인 일이라 류가에게만 간단한 메시지를 보내면 충분하다고 생각했는데…… 도리어 일을 키운 모양이로군."

마지막 말을 하면서 아오가사키의 기다란 눈이 나를 흘끔 보았다.

——괜찮아, 내가 진짜 좋아하는 사람은 코바야시다. 질투할 필요 없어. 쪽—— 그렇게 고백받은 기분이라 나는 멋대로 우울해졌다.

"하지만 맞선 보는 건 확실한 거지요? 상대는 어디의 누구죠?"

빨간 곱슬머리를 손가락으로 빙글빙글 만지며 벌써 다리를 편하게 펴고 쉬던 엘미라가 물었다.

그 질문을 받은 아오가사키는 보리차를 홀짝이고는 짧게 대답했다.

"상대는—— 야마나시 아사오. 오메이 고등학교 3학년, 현재 학생회장이다."

"어, 그 아서왕?"

이름을 듣자마자 쿠로가메가 동그란 눈을 더욱 똥그랗게 뜨고 멀뚱멀뚱 쳐다보았다.

아서왕? 누구야 그 녀석? 엑스칼리버라도 가졌나?

아무래도 나만 몰랐는지 다른 애들도 쿠로가메와 똑같은 리액션이었다. 흠, 우리 학교 학생회장이라니까 다들 알아도 이상하지 않다.

들자하니 문무 겸비한 미남으로 그 역시 검술 도장 자식이라고 한다. '아서왕'이라는 건 이름이 '아사오'라 여학생들이 붙인 별명이라고 한다.

"이름으로 보니 평범한 인간이 아닐 것 같군……. 이능력자일지도 몰라."

이름은 중요하다. 그건 류가나 히로인들의 노골적인 이름을 봐도 명백하다.

게다가 학생회장이라는 알짜 보직…… 애니메이션이나 라이트 노벨에 나오는 학생회장은 흔히 강력한 권력을 지니는 법이다. 어째서인지 교사들조차 거스르지 못하는 법이다.

우리 학교는 어땠더라……. 나는 갑자기 야마나시 아사오에 흥미가 생겼다.

"그 아서왕에 대해 조금 더 자세히 알려주실래요?"

내 리퀘스트에 유키미야가 대답했다.

"야마나시 선배의 집인 '월상관(月翔館)'은 전국에서도 유명한 검술 도장입니다. 야마나시 선배도 어릴 적부터 신동이라 불렸으니 검도부에 소속했으면 오메이 고등학교는 전국대회에 출장이 가능했을 겁니다."

설마 그런 수재가 그런 평범한 학교에 있다니. 부 활동을 하지 않는 이유는 역시 그건가. 아오가사키와 마찬가지로 '학생 검도에 자신이 참가하는 건 공평하지 않다'는 이유일까.

이어서 아오가사키 본인이 설명을 잇는다. 그 얼굴이 어째 밝지 않은 걸로 보아 그녀가 아서왕에게 그다지 호의적인 감정을 품고 있지 않다는 사실은 분명했다.

　"월상관은 전국에 열두 개의 지부가 있고 삼천 명 이상의 문하생을 둔 거대한 신흥 유파다. 아사오는 고등학교 졸업을 내년에 앞두고 얼마 전에 이 도시에 있는 본부의 사범이 되었지……. 언젠가는 월상관을 떠맡게 될 것이다."

　"그럼 레이짱이랑 아서왕은 누가 더 세?"

　거기서 쿠로가메가 훌륭한 질문을 했다. 나도 몹시 신경 쓰였다.

　아오가사키보다 강하다면 아무래도 어떻게 대우해야 할지 곤란해진다. 애초에 검사 캐릭터는 두 사람이나 필요 없다. 만약 동료로 들어온다면 그에게는 무기를 도끼 같은 걸로 바꾸라고 해야 한다.

　……하지만 그런 걱정 역시 기우였다.

　"아사오와는 지금까지 몇 번이나 겨뤘지만 진 적은 없다."

　"역시 레이짱!"

　쿠로가메가 승리 포즈를 취한다. 나도 속으로 승리 포즈를 취했다.

　"아사오와의 승부에는 절대로 질 수 없으니까."

　"아오가사키류의 간판을 걸고 신흥 유파에는 질 수 없다…… 이 뜻인가요?"

　엘미라가 조롱하듯이 웃었다. 그녀와 아오가사키는 말

싸움 동지다. 처음 만났을 때는 진짜로 전투를 벌였다고
한다.

"그런 기특한 이야기가 아니야. '내가 이기면 사귀어줘'
라고 요구했기 때문이다. 미안하지만 나는 아사오의 연인
이 될 마음 따위, 조금도 없어."

교제 신청이 검 승부라니…… 상대도 꽤나 검술밖에 모
르는 바보인 모양이다.

모두 똑같은 감상이었는지 미묘하게 떨떠름한 표정을
짓고 있다. 역시 여자 쪽에서 보면 그런 대시는 달갑지 않
은 거겠지. 하지만 류가까지 떨떠름한 표정을 하는 건 그
만뒀으면 좋겠다. 지금의 너는 남자잖아.

"그러니까 새삼 맞선 같은 스트레이트한 수단으로 나올
줄은 몰랐다. 아사오에게도 검사로서의 자존심이 있을 텐
데……."

"역시 깨달은 것 아니겠어요? 검으로 레이 씨에게 이기
는 건 애초에 일반인에게는 무리예요."

그만큼 아오가사키에게 계속 졌다는 건 아서왕은 이능
력자는 아닌 것 같다.

야마나시 아사오에 대한 내 흥미가 급속도로 시들해진
다. 아무래도 그는 그다지 중요 인물이 아닌 듯하다. 이번
회 한정의 게스트 캐릭터로 판단된다.

"레이 선배님. 처음부터 이번 맞선은 거절할 수도 있었
던 것이 아닌가요……?"

유키미야의 말에 모두가 고개를 끄덕였다. 정원의 대나무 물레방아마저 공감하듯이 통 하고 소리를 냈다.

결국 이번 혼담은 아오가사키가 거절하면 끝날 이야기다. 그런데 그녀가 맞선을 받아들였기 때문에 이 같은 번외편이 되어버렸다.

"아버지가—— 마음대로 아사오와의 맞선 이야기를 수용하셨어."

"아버지께서?"

아오가사키의 아버지. 다시 말해, 이곳의 도장 주인. 삼백 년 역사를 지닌 '아오가사키류 검술 도장'의 사범이며 오너라 할 수 있는 인물이다.

"아버지는 허리 통증이 심각해서 은퇴를 생각하고 계셔……. 도장과 딸의 미래를 불안하게 보신 거겠지. '한 번만이라도 아사오 군과 이야기해보아라'고 하셨다."

"그건 도장을 닫을지도 모른다는 소리야?! 아니면 월상관과 통합하겠다는 소리?!"

쿠로가메가 몸을 내밀고 새된 목소리로 외친다. '도장의 외동딸'이라는 똑같은 처지로서 이런 이야기는 남보다 훨씬 민감한 것이리라.

"그런 건 싫어! 레이짱 그만둬!"

"아니, 아버지도 거기까지 생각하지는 않으셔. 걱정하지 않아도 도장은 내가 잇기로 했다. 다만…… 부끄럽지만 우리는 빈말이라도 큰 도장이 아니야. 현재 문하생은 스무 명. 그것도 전부 어린애지. 아버지가 은퇴 후를 걱정하는 마음도 이해가 간다."

"문하생, 전부 어린애였어……?"

나도 모르게 그렇게 중얼거리고 말았다.

지금까지 아오가사키 도장의 연습 풍경 따위 본 적이 없어서 당연히 건장한 성인 남자만 득실거릴 거라고 생각했다. 그리고 아수라장처럼 서로 검을 휘두를 거라고 생각했다.

설마 아이들로 떠들썩한 단란한 교실이었을 줄이야……. 그래도 스무 명이나 다니는 건 아오가사키 부녀의 실력과 인망이 있기 때문이겠지.

"아이들뿐이라고는 하지만 나는 현재 상태에 불만 따위 없다. 모두 정직한 아이들이다. 아오가사키류의 정신을 착실하게 잇고 있어."

"우리 반 애도 남동생이 여기를 다닌다고 했어! 아직 초등학교 2학년이라는 것 같지만, 장래에는 레이 선생님이랑 결혼하겠대!"

"리나와 같은 반 친구 동생…… 케이타로군. 점점 더 아사오와는 결혼할 수 없겠어."

아오가사키는 쓴웃음을 지으면서도 기뻐 보였다.

가슴도 크고, 이 사람은 모성 본능이 강한지도 모른다. 그런 의미로는 미온과는 좋은 라이벌 관계라고 본다. 그 녀석도 완전히 우리 집 엄마니까.

대답이 끝나자마자 유키미야가 조심스레 손을 들었다.

학교 수업시간 같다.

"저기, 레이 선배님. 문하생은 아이들뿐이라고 하셨지만……. 이전에 찾아왔을 때는 분명히 고등학생으로 보이는 분을 보았습니다만."

"아아, 그건…… 카즈히코로군."

그 순간 아오가사키의 표정이 확 바뀌어 어두워지고 말았다.

그 모습에 나는 문득 제2부 최종 전투 직후의 아오가사키를 떠올렸다.

【마신】을 쓰러뜨렸는데 이상하게 침울한 얼굴로 땅바닥을 응시하던 그녀…… 확실히 그때도 이런 표정을 했던 것 같다.

"여기에도 유일하게 타나카 카즈히코라는 동갑내기 문하생이 있었지. 나와는 소꿉친구로 옆 동네 타마하라상고를 전국대회까지 이끈 유망주였다만."

"역시 아오가사키류! 그 사람은 아서왕보다 강해?"

"아니, 유감이지만 발끝도 못 미친다. 아사오의 실력은 고등학교 수준을 훨씬 뛰어넘었으니까."

타나카 카즈히코…… 아마도 이 녀석은 군중 캐릭터다. 이름으로 봐서 틀림없다.

학교도 다르고 내일이면 까먹겠지. 하지만 걸리는 것은 아오가사키가 과거형으로 이야기한 점이다. '타나카 카즈히코라는 문하생이 있었다', '유망주였다'.

"그러나 카즈히코는 유감스럽게도…… 얼마 전에 여기를 그만두었다."

"그, 그만뒀어?"

"지금은 월상관에 입문했어."

"배신했구나, 타나카!"

쿠로가메가 테이블을 치며 화를 내며 소리쳤다.

자기 일처럼 분노하는 쿠로가메에게 아오가사키는 차분하게, 그러나 어쩐지 쓸쓸해보이게 고개를 가로저었다.

"어느 도장에서 배울지는 본인의 자유다. 물론 만류는 했지만 카즈히코의 의사는 달라지지 않았어. 그렇다면 그 결단을 존중하는 수밖에 없다."

"레이 선배는…… 그래도 괜찮겠어?"

걱정하듯이 류가가 묻자 아오가사키는 "물론이다"라며 고개를 끄덕였다. 그러더니 새삼 우리를 둘러보고 정중하게 고개를 숙였다.

"아무튼 혼담 건은 신경 쓰지 마. 맞선이라는 형태로 한 번 데이트할 뿐이니까. 괜히 시끄럽게 해서 미안하군."

"…………."

"'나락의 사도'와의 전투는 아직 끝나지 않았어. 나는【청룡】의 계승자로서 아오가사키류의 검사로서, 앞으로도 너희와 함께 싸울 작정이다."

——이렇게 아오가사키의 결혼 문제는 간단하게 해결되어 버렸다.

하지만 이번 서브 스토리는 아마도 아직 끝나지 않았다.

맞선이라는 강경 수단으로 나왔으니 야마나시 아사오도 쉽게 물러서지 않을 것이다. 그가 완벽하게 아오가사키를 포기할 때까지는 긴장을 늦출 수 없겠지.

'뭔가 파란이 있다면 아서왕과의 맞선 데이트인가. 가능하다면 미행하고 싶지만 아무리 그래도 주제넘은 행동이야…….'

개입한다 해도 그래야 할 사람은 류가이며, 히로인들이어야 한다.

나는 어디까지나 투철하게 조역으로 있자. 협력해 달라고 할 때 얼굴을 살짝 내미는 정도로 그치자.

코바야시 이치로란 그 정도의 캐릭터(존재)여야 하니까.

3

그날 밤.

저녁식사를 마치고 나는 여름방학 숙제를 방치한 채 인터넷으로 월상관을 찾아보았다.

월상관—— 이제 창설된 지 4년 된 역사가 얕은 검술 도장. 하지만 평판은 상당히 높은지 지금도 지부가 늘어나고 있다고 한다. 한 채뿐인 아오가사키 도장과는 상당히 다르다.

특징은 과학적 이론을 도입한 '소드빅스'라는 트레이닝 코스. 문하생의 팔 할이 이 코스 희망자인 모양이다. 한편으로 본격적인 지도 코스도 있어, 여기서도 과학적인 트레이닝법을 장려하며 많은 대회에서 성적 상위자를 배출하고 있다고 한다.

'검술 도장 주제에 정신론에는 부정적인 것 같군. 이것도 시대의 추세일까.'

검도란 먼저 마음부터—— 요즘 세상에 그런 생각은 인기가 없을지도 모르겠다. 이 또한 아오가사키 도장과는 상당히 다르다.

'재능까지 우수한 수강자가 있는 건가……. 상당히 벌겠군.'

심야 시간대이긴 해도 텔레비전 광고까지 방송한다고 한다. 잡지와 신문에도 광고를 내는 모양이다. 하나부터 열까지 아오가사키 도장과는 상당히 다르다.

……이렇게 조사하면 조사할수록 아오가사키가 아서왕에게 그다지 호의적이 아니었던 것에 납득이 간다.

아오가사키 도장과 월상관은 죄다 정반대다. 역사가, 사상이, 규모가, 문하생의 숫자가. 그런 상반되는 신흥 유파가 같은 동네에 도장을 세웠으니…… 나라면 간판을 빼앗으러 갈지도 모르겠다.

'예상컨대 아서왕은 도련님이야. 실력은 있겠지만 아마 밉살맞은 녀석인 게 틀림없어. 히로인 후보에게 구애하는 게스트 캐릭터는 기본적으로 그런 법이지.'

그리고 그 밉살맞은 남자에게서 류가가 아오가사키를 지키는 것이다.

경우에 따라서는 류가와 아서왕이 아오가사키를 걸고 결투하는 전개가 있을지도 모른다. 다소 흔하지만 그것도 괜찮겠지. 매너리즘이란 즉 왕도란 소리다.

'원래 같으면 거기서 아오가사키 선배는 메인 히로인 다툼에서 한 걸음 리드하는 건데……'

그러지 못하는 것이 상당히 유감이다.

주인공이 여자인 탓에. 뒤에서 메이드며 간호사 코스튬 플레이를 하는 탓에. 브랜드 속바지를 입고 있는 탓에.

'류가 녀석, 사실은 양성구유일 수는 없을까.'

그런 얼토당토않은 생각을 하면서 나는 방을 나와 1층으로 내려갔다.

거실에 얼굴을 내밀자 바가지 머리 어린 여자애가 예의 바르게 무릎 꿇고 앉아 텔레비전을 응시하고 있었다. 우리 집 객식구 '나락의 삼 공주' 중 한 사람, 키키다.

겉모습은 어디서 어떻게 봐도 유치원생이지만 이래봬도 그녀는 장군급 사도다.

그 정체는 에조늑대형 이형 괴물…… 다만 그리 박력은 없다. 오히려 복슬복슬하고 귀여운 게 난점이다.

"아, 이치로 남작."

방석에 책상다리를 하고 앉은 나를 키키가 한번 흘끔 본다. 하지만 금세 시선을 화면으로 돌리고 다시 텔레비전에 몰두했다.

……그녀가 열중하는 것은 매주 토요일 저녁에 방송하

는 특촬방송을 녹화한 것이다. 이른바 거대 히어로가 괴수와 싸우는 작품으로 키키가 무척 좋아한다.

제목이 아마 《스펙터클 맨》이었나. 키키는 이미 등장하는 괴수 소프트 비닐 인형을 네 개나 가지고 있다. 참고로 하나에 육백 엔. 돈을 낸 사람은 나다.

"너는 그 방송을 정말로 좋아하는구나."

"정말 조아함미다. 몇십 번이라도 볼 슈 이쯉니다."

이계의 주민을 사로잡아버리다니 생각해보면 대단한 방송이다.

나도 어릴 적에는 이런 히어로물이 좋아서 시청하고 응원했다. 하지만 조역의 매력에 눈을 뜨고부터는 사령관인 아저씨, 메카닉 아저씨, 희생자 아저씨한테만 주목하게 되었다.

'히어로놀이에서도 늘 아저씨역이었어……. 옆 반에서도 부탁했을 정도였지…….'

그런 추억에 잠겨 있는데. 스펙터클 맨이 결정타인 필살 광선을 쏘려던 순간에 키키가 리모콘 정지 버튼을 눌러버렸다.

그대로 텔레비전까지 끄더니 옆 상자를 부스럭부스럭 뒤지기 시작한다. 키키의 장난감 상자다.

"마지막까지 안 봐? 지금 제일 짜릿한 장면이었지?"

"이 뒤는 스펙터클 맨이 괴수를 쓰러뜨려버림미다. 키키는 그런 장면 보고 싶지 않쯉니다."

일반적으로는 그 장면을 보고 싶어 할 것이다. 역시 적 캐릭터는 적 캐릭터에 감정이입하는 걸까. 그러고 보니 이 녀석, 스펙터클 맨 본인 소프트 비닐 인형은 탐내지 않았어…….

"그런 것보다 노는 검미다 이치로 남작."

말하면서 상자에서 괴수 소프트 비닐 인형을 꺼내 차례차례 테이블에 올린다.

"키키는 지저괴수 벨베론을 함미다. 이치로 남작은요?"

"……안 하면 안 되는 건가."

평소에도 고민하던 것이지만 우리 집 삼 공주들은 인간의 삶에 너무 익숙해졌다.

어찌 되었든 적 간부이니까 조금 더 위엄과 위압감이 있었으면 한다. 요전에는 세 사람이 다 함께 주민 모임의 쓰레기 줍기 활동에 참가했다.

내켜 하지 않는 나를 무시하고 바가지머리 사도가 땅딸막한 괴수 하나를 가리킨다.

"키키로서는 이 빙하 괴수 우자란가를 추천함미다. 스펙터클 맨을 얼려버린 최고로 멋진 녀석입니다."

"아저씨 역할 하면 안 돼?"

"아저씨의 소프트 비닐 인형이 업쭙니다."

"직접 할게."

"너무 거대함미다. 각하함미다."

억지로 우자란가를 떠맡는 바람에 하는 수 없이 역할 연구에 들어갔을 때.

그 타이밍에 파자마 차림의 장신 미녀가 거실에 나타났다.

"하아, 개운해."

젖은 금발의 긴 머리카락을 수건으로 닦으면서 기분 좋게 그런 혼잣말을 하는 초글래머 누님. 우리 집 객식구 '나락의 삼 공주' 중 한 사람, 주리다.

"어머 이치로 님. 숙제는 끝나셨나요?"

주리는 매력적으로 싱긋 미소 지으며 우리 곁에 다리를 옆으로 하고 앉는다. I컵이라는 경이로운 가슴둘레 덕에 당장에라도 파자마의 단추가 날아가버릴 것 같았다.

"황송하게도 먼저 탕을 썼습니다. 이치로 님께서도 목욕을 하시죠?"

"나는 자기 전에 하면 돼."

"지금이라면 탈의실에 제가 방금 벗은 속옷이 있습니다. 냄새를 맡으시죠."

"안 맡아!"

욕실에서 나와서도 절찬 에로 캐릭터인 킹코브라형 사도다.

"주리, 마침 잘 나타나쬽니다. 우주괴수 도라기고는 주리가 함미다."

"또 괴수놀이야? 키키도 참 좋아하네."

어쩔 수 없다는 듯이 쓴웃음을 짓고 주리가 어깨를 으쓱한다. 한때 히로인들에게 입은 상처는 이제 깨끗이 나은 듯하다. 역시 장군급이다.

"빨리 시작함미다. 좀 전에 방송을 봐서 키키가 흥분 상태일 때에."

"어쩔 수 없네……. 잠깐만이야?"

착실하게 같이 놀아주는 부분은 삼 공주의 장녀격 존재라는 책임감 때문인가.

다만 주리의 손가락이 조금 전부터 도라기고의 뿔을 줄곧 희롱하는 게 신경 쓰인다. 괜히 선단을 만지작거리며 주물주물 꾹꾹 하고 있다. 괴수를 애무하는 거 아니야.

……지적해야 할지 말아야 할지 망설이는 사이에 괴수 배틀이 시작되어버렸다.

키키가 벨베론, 내가 우자란가, 주리가 도라기고 역할이다.

"받쭙니다 도라기고. 타앗."

"앙, 안 돼, 그렇게 난폭하게 하지 망."

"역시 그런 캐릭터냐!"

어쩐지 예상은 했지만 주리가 19금스러운 대사를 내뱉는다. 쓸데없이 연기력이 좋아서 곤란하다.

"이렇게 해주게쭙니다. 똬앗."

"그만하세요, 제게는 남편이…….."

"어이 도라기고!"

이 끈끈한 장면을 저지하기 위해 나는 곧장 우자란가를 개입시켰다.

하지만 키키의 벨베론은 강했다. 내가 손에 든 우자란가를 박치기로 떨어뜨렸을 뿐만 아니라 이어서 나 자신까지 박치기로 공격했다.

"잠깐만! 룰을 도통 모르겠어! 어째서 내가 공격당하는 거야! 역시 나는 거대한 아저씨인 건가?!"

"빨리 우자란가를 줍슴미다. 줍지 않는 한 이치로 남작이 공격 대상이 됨미다. 하지만 우자란가를 다시 한번 필드에 소환할 수 있다면 자동적으로 오백 점의 프리즘포인트가 부가됨미다."

"룰을 도통 모르겠다고!"

"이치로 님, 구해주세요!"

"큭, 우자란가를 재소환! 프리즘포인트를 전부 쓴다!"

"괴수가 필드에 세 개 있을 때 포인트는 쓸 수 없쯤미다."

"룰을 도통 모르겠다고!"

다음 순간, 벨베론이 높이 비상했다. 아니, 키키가 테이블에 올라가 힘껏 쳐들었다.

"최후의 일격임미다, 도라기고! 꼬리 어택임미다!"

"아앙! 두껍고 길어엉! 이런 거 처음이야!"

"옆집에 들리잖아!"

그런 식으로 우리가 소란을 피우고 있자 미온이 나타났다.

여전히 교복에 앞치마 차림으로 머리를 옆으로 묶은 소녀가 어이없다는 듯이 세 사람을 둘러본다. 양손에는 수박이 담긴 쟁반을 들고 있다.

"수박 잘랐어. 멍청한 짓 그만하고 다들 앉아."

똑 부러지는 차녀의 한마디로 우리는 괴수 배틀을 그만

두고 자리에 앉는다.

이제 코바야시 집안에서 그녀에게 거스를 수 있는 자는 없다. 거스르면 반찬이 한 가지 줄어든다.

"키키. 테이블 위에 올라가면 안 된다고 항상 말했지?"

"……죄송함미다."

"주리. 트리트먼트를 너무 많이 써. 무리해서 비싼 걸로 사고 있다구?"

"……미안합니다."

악당답지 않은 설교를 한 뒤에 마지막으로 미온이 나에게 시선을 돌렸다.

나도 뭔가 혼나는 걸까……. 그렇게 떨고 있는데 어째서인지 미온은 표정은 새침하지만 안절부절못하는 모습으로 물었다.

"그래서, 이치로 군. 오늘은 어땠어?"

"응?"

"그러니까, 있잖아……. 아오가사키는 역시 결혼하는 거야?"

이러니저러니 해도 신경 쓰였던 모양이다.

그러고 보니 저녁밥을 먹을 때도 조금 불안해보였다. 미온에게는 '어머니 속성'뿐만 아니라 '츤데레 속성'도 있는 것 같다.

"아니. 결혼이 아니라 단순히 맞선만 보나봐. 혼담은 거절하겠대."

"그, 그렇구나. 뭐, 별로 아무래도 상관없지만."

솔직하지 않은 사도다. 이런 때 놀리고 싶지만 그만두는 편이 좋겠지. 반찬이 하나 줄어들 것이다.

'아서왕과의 맞선 데이트는 아마 내일모레였던가. 그래도 이건 결과 보고를 기다릴 수밖에 없겠지.'

그런 생각을 하면서 수박씨를 퉤퉤 뱉은 직후.

내 주머니에서 휴대전화가 메시지를 수신했다. 확인해보니 류가가 보낸 메시지였다.

'이치로에게. 의논할 게 있는데……. 레이 선배의 데이트, 몰래 따라가지 않을래? 괜한 참견일지도 모르지만 역시 아무래도 신경이 쓰여서.'

응. 아니나 다를까 그렇게 나왔나.

이르지만 주인공은 개입할 작정인 듯하다. 히로인들이 아니라 나를 파트너로 고른 건 생각해볼 문제지만 이 정도면 친구 캐릭터로서 허용 범위라 할 수 있겠지.

류가의 마음은 이해한다. 나도 솔직히 미행해보고 싶은 마음은 좀 있었다.

도장 경영. 아버지의 은퇴. 월상관으로 옮겼다는 이제 이름도 까먹어버린 군중 캐릭터── 이 혼담에는 몇 가지 불안 요소가 존재한다.

이런저런 사정으로 아오가사키가 '결혼을 승낙해야만 하는 상황'이 될 가능성은 있다. 아마도 류가도 오늘 이야기로 그 점을 알아챘을 것이다. 주인공의 후각이 있다.

'너무 출연하고 싶지는 않지만……. 주인공의 덤으로 함께하는 정도면 괜찮겠지.'

그렇게 결심한 나는 그 자리에서 바로 그러겠다고 답장을 보냈다.

날짜를 보니 오늘은 8월 16일. 곧 2학기가 다가오는 발소리가 들릴 것이다.

여름방학 숙제에는 거의 손을 대지 않았다.

4

그리고 이틀 뒤.

아오가사키와 아서왕의 데이트를 미행하기 위해 나는 예정대로 류가와 합류했다.

참고로 유키미야, 엘미라, 쿠로가메는 참가하지 않았다. 그녀들도 걱정이 되겠지만 사람 수가 늘어나면 들킬 우려가 있다. 오늘은 맡겨주기를 바란다.

"레이 선배에게는 미안하지만……. 이러니까 탐정 같아서 괜히 두근거린다."

정석적인 만남의 장소 전철역 남쪽 출구에 있는 광장. 그 광장을 한눈에 볼 수 있는 편의점 잡지코너에서 조금 전부터 나와 류가는 대기하고 있다.

우리가 바라보는 시선 끝에는 광장에 홀로 서 있는 아오가사키가 있었다.

사람들이 끊임없이 오가는 가운데 그녀는 우리에게 등을 돌리고 상대가 오기를 기다리고 있다. 온 지 5분이 채 되지 않았지만 벌써 헌팅을 두 번 당했다.

　'데이트인데 오늘도 교복이로군.'

　사실은 센스 좋은 옷을 잔뜩 가지고 있는데……. 멋을 부리지 않은 건 아서왕에 대한 의사 표시인지도 모르겠다.

　아오가사키는 아서왕의 구혼에 응할 마음 따위 털끝만큼도 없는 것이다.

　그 증거로 어젯밤에도 나에게 메시지를 보냈다. '코바야시가 있는데 아사오의 데이트 신청을 받은 건 정말로 미안하다'고.

　아오가사키 선배, 부디 신경 쓰지 말아주십시오. 코바야시라는 녀석은 무시해주십시오.

　"이치로. 레이 선배는 예리하니까. 수상한 움직임을 보이면 안 돼?"

　"그렇게 말한다면 네가 걱정이야."

　모자를 쓰고 선글라스를 껴 간단하게 변장한 나에 비해 류가는 다른 학교 남자 교복을 입었다. 평소에는 묶었던 머리카락도 풀어 장발의 경음악부원 같은 차림이다.

　유감스럽게도 이 녀석은 은밀한 행동에 맞지 않는다. 넘쳐나는 스타성이 존재감을 마구 어필하고 만다.

　"너무하군, 내 변장은 완벽해. 어디를 어떻게 봐도 다른 학교 학생이잖아."

"그거 어느 학교 교복이야……."

"통신판매로 샀어. 어젯밤에 아슬아슬하게 도착했어. 사실은 세일러복을 사고 싶었지만. 여장도 괜찮을까 싶어서."

드디어 집 밖에서까지 코스튬 플레이를 시작했다.

부탁이니까 자중해달라고. 그러지 않아도 너는 반에서도 "히노모리는 여장시키면 꽤 괜찮을 것 같지 않아?"라고 평판이 자자하니까. 가을 축제에서는 류가에게 메이드 차림을 시켜볼까 하는 계획도 나오고 있으니까.

주인공이 여장하면 어머나 신기해, 엄청난 미소녀가…… 그런 소재는 정석이지만 정말로 여자이면 소재가 되지 못한다. 따라서 메이드는 내가 맡으려고 꿍꿍이 중이다.

"아, 이치로 봐봐. 학생회장이 왔어."

갑자기 소매를 잡아끌어서 나는 깜짝 놀라 광장으로 시선을 돌렸다.

그러자—— 아오가사키에게 다가가는 한 청년의 모습이 보였다.

얇은 재킷과 회색 슬랙스로 멋을 낸 키가 큰 모델 같은 미남이다. 여기서 봐도 단단한 몸이라 상당히 단련한 걸 알 수 있다.

'190센티미터 가까이 되겠군. 얼굴은 좀 진하지만 제법 화려함이 있어.'

저 사람이 아서왕…… 야마나시 아사오인가.

우리가 감시하는 것 따위 알 리 없이, 아서왕이 친근하게 아오가사키에게 말을 건다. 이어서 작은 꽃다발을 건넸다.

'앞으로 돌아다닐 건데 저게 무슨 민폐 선물이야. 게다가 아오가사키 선배보다 늦다니…… . 게스트 캐릭터에 있을 수 없는 태도라고.'

분통을 터뜨리는 나를 무시하고 아서왕과 아오가사키가 걷기 시작한다.

우리는 곧바로 편의점을 나와 신중하게 미행을 개시했다.

"이치로, 데이트 코스를 잘 기억해둬."

"그래. 어디로 가는지로 아서왕의 성격을 알 수 있으니까."

"그게 아니라 나랑 데이트할 때 참고해주면 좋겠어."

"…………."

나는 주인공의 소녀 발언을 무시하고 걸음을 재촉했다.


아오가사키와 아서왕이 향한 곳은 내 예상과는 조금 달랐다.

뭐라고 할까, 유감스러운 의미로 건전했다.

미술관이나 플라네타륨이라도 가는 건가 했지만, 두 사람이 직행한 곳은 역 건물 스포츠용품점. 게다가 그곳에서 두 시간 가까이나 서포터와 탈취스프레이, 단백질파우더를 품평하는 분위기고 뭐고 없는 데이트였다.

'아서왕 녀석, 예상보다 더 이상한 녀석이로군…… . 아오가사키 선배는 즐겁긴 한가?'

생각한 대로 아오가사키의 표정은 불쾌해보였다. 그저

아서왕의 이야기를 듣고 가끔 맞장구를 치는 정도다. 그야 그렇겠지.

"……이치로. 이 데이트는 참고하면 안 돼."

불쾌한 표정이기는 류가도 마찬가지였다. 그야 그렇겠지.

"이래서야 레이 선배도 마음이 안 가지. 여자애를 이런 곳에 데려와서 끝없이 재미없는 이야기를 하고……. 역시 남자는 외모가 아니야. 설령 표준 이하 얼굴이라 해도 배려심 있는 상냥한 사람이 제일이야."

주인공이 게스트 캐릭터에게 불합격을 판정을 내렸다. 그것도 여자애 시선으로.

표준 이하의 얼굴이란 나를 말하는 건가. 밋밋한 건 인정하지만 평범한 수준이라고 믿었건만…… 깨닫고 보니 나도 불쾌한 표정을 하고 있었다.

침울한 내 귀에 아서왕과 아오가사키의 목소리가 들린다.

"미안하네 레이, 어쩐지 나만 떠들었어. 이런 장소가 틀림없이 네가 기뻐할 줄 알았는데."

"별로 상관없어. 확실히 나한테도 편해."

"언젠가는 내가 아끼는 차로 드라이브를 가고 싶어. 이미 면허는 땄고, 새 차도 왔어."

"사양하지. 다리와 허리를 단련하기 위해 이동은 달리기로 하고 있다."

그런 대화를 주고받으면서 두 사람은 드디어 가게를 나갔다. 거리를 두고 밀착 마크하는 우리를 알아채지 못하고 그들은 역 건물 출구로 향했다.

……그 모습만 보면 그야말로 미남미녀의 어울리는 커플이다.

나 같은 놈보다 아서왕은 훨씬 아오가사키 상대로 어울린다고 본다. 표준 이하의 나 따위보다.

"그럼 레이, 잠깐 어디 들어갈까. 배는 고프지 않니?"

"이상하게 오늘은 식욕이 없어서."

"그러면 카페에서 가볍게 해결하자. 이 근처에 와플이 유명한 가게가 있어."

"그런가. 그럼 샌드위치를 시키지."

기분 탓인지 아오가사키의 말에 가시가 돋쳤다. 하지만 상대에게는 전혀 통하지 않는다.

아무래도 아서왕은 상당히 멘탈이 강한 것 같다. 아니, 자신이 있는 것 같다. 저 외모로 싸움도 잘하는 데다 도련님에 학생회장이니까 무리도 아니다.

'게다가 차까지 있다니……. 나 같은 건 외발자전거밖에 없다고.'

……얼마 안 있어 아서왕은 아오가사키를 에스코트해 카페로 들어갔다.

사실 이 가게는 나도 가끔 이용한다. 분명히 초콜릿 와플이 끝내줘서 도철에게 사줬다가 한때 중독되었다. 한심하게도 우리의 【마신】은 디저트를 엄청 좋아한다.

아오가사키 일행이 창가 테이블에 앉아서 우리는 가게

안 중앙 쪽 자리에 앉았다.

마침 그들에게 보이지 않는 위치이자 대화를 들을 수 있는 베스트 포지션이다. 지갑 사정으로 주문은 아이스커피만 시켰다.

"그렇지, 레이. 이번에 선물하고 싶은 물건이 있어. 특별 주문한 죽도로 나와 커플인데."

"됐다. 나는 기본적으로 목도를 쓴다. 우리 집 가보인 '어신목도'를 말이지."

"도구 따위 어떤 걸 써도 똑같잖아? 우리 정도 수준이면."

"아사오. 너는—— 조금 변한 것 아닌가?"

거기서 갑자기 오늘 처음으로 아오가사키의 말투에 감정이 섞였다.

"자동차라고? 커플 죽도라고? 본부의 사범이 되었다지만 들뜨는 것도 정도껏 해."

"이봐, 그 정도로 화낼 일은 아니잖아?"

"이번의 갑작스러운 맞선 이야기도 그렇다. 이전의 너는 좀 더 겸허한 인간이었다. 유복하면서도 소박함을 제일로 여기고 실력으로 나에게 인정받는 것을——."

"정신론은 더욱 강해지는 데 관계없어. 그 사실을 깨달았을 뿐이지."

주늑들지 않고 대꾸하는 아서왕을 보며 아오가사키의 얼굴이 굳은 게 느껴졌다.

안 돼 아서. 그건 실언이야. 아오가사키류가 특히 정신에

무게를 둔 사실은 너도 알고 있을 텐데!

"레이. 네 도장에서 타나카 카즈히코가 떠난 이유, 들었니?"

"…………."

"그는 말했어. '아오가사키 도장은 환경이 좋지 않다'고. 연습 방법에 대한 의문이 아니었을까?"

"……우리 가르침이 틀렸다고?"

어쩐지 좋지 않은 흐름이다. 두 사람 사이에 흐르는 공기에 점점 긴장감이 흐른다.

'아서왕 녀석 무슨 생각이야? 구애는커녕 아오가사키의 신경을 거슬리게만 하고 있잖아! 빨리 화제를 바꿔! 작은 얼굴 화장법 같은 이야기를 해!'

문득 정면의 류가를 보니 이쪽도 무서운 얼굴을 하고 있었다.

허술한 데이트코스에 더해 아오가사키류를 멸시하는 것 같은 발언…… 거듭되는 그 경솔함은 주인공까지 화나게 한 것 같다.

"예를 들어 아오가사키류에는 명상 시간이 있다더군. 그 야말로 내가 말하는 정신론의 대표적인 예지. 너는 사범대리로서 명상에 무슨 의미가 있다고 생각하니?"

"단순히 검을 휘두르기만 하는 게 단련이 아니다. 검이란 자기 마음을 비추는 거울이며——."

"그 쓸데없는 시간이 타나카에게는 불만이었던 것 아닐까?"

묻기만 묻고 아오가사키의 대답을 가로막는 아서왕.

이 녀석은 글렀다. 오만이 재킷과 회색 슬랙스를 입고 있는 것 같은 남자다.

"잘 들어, 레이, 도장 경영이란 비즈니스야. 학생은 강해지고 싶어서 입문하는 거지. 고객의 요구에 응하지 못하는 도장은 쇠퇴하는 게 당연해……. 그렇게 생각하지 않나?"

"문하생을 고객이라고?"

아서왕의 실언이 멈추지 않는다. 지뢰밭에서 소드빅스를 춤출 기세다.

……어느새 눈앞에는 내가 주문한 아이스커피와 류가가 주문한 아이스밀크가 놓여 있었다. 훔쳐듣기에 집중하느라 알아채지 못했다.

"미안하지만, 아오가사키 도장의 경영 상황은 조사했어. 문하생은 스무 명, 게다가 전부 어린애. 오히려 주된 수입원은 네가 경찰과 대학에 출장 가서 하는 검술지도……. 그게 과연 도장이라 할 수 있을까?"

"무슨 생각으로…… 그런 걸 조사했지."

"라이벌 기업을 조사하는 건 당연하잖아? 규모, 설비, 고객 숫자……. 우리 월상관은 온갖 면에서 아오가사키 도장에 이기고 있어. 그러나 딱 한 가지 뒤처진 것이 있지. 뭔지 알겠니? '전통'이야."

"…………."

"귀찮게도 네임밸류란 상당히 중요해. 그 '전통'이라는 실적이 무도에서는 커다란 세일즈포인트가 되지. 네가 여러 곳에서 지도를 부탁받는 것도 다름아닌 바로 그 '전통' 덕분이야. 옛날부터 지역과 맺어온 연줄 덕택이지."

"……아사오, 무슨 말이 하고 싶지."

"단도직입으로 말하지. 우리는 '전통'이 필요해. 아오가사키 도장에 월상관과의 M&A── 다시 말해 매수·합병을 타진하고 싶어."

이제 그만해 아서! 이 이상 소드빅스를 추지 말아줘!

류가가 어떻게든 격분을 잠재우기 위해 아이스밀크를 단숨에 마셨다.

사실 류가는 우유를 좋아한다. 그러니까 E컵이 된 거야.

"알다시피 월상관은 개설한 지 아직 4년…… '전통'이 없어. 아무리 자본이 있어도 얻을 수 없는 것이지. 하지만 우리가 지금보다 비약하기 위해서는 반드시 필요한 것이기도 해."

"하고 싶은 말은 그것뿐인가."

"나는 이미 중역 중 한 사람이야. 그리고 아오가사키 도장 건을 회사로부터 일임 받았어."

"그만 입을 다물어. 더 이상 너의 비즈니스 이야기에 함께할 마음은 없다."

"들어봐, 레이. 이건 너에게도 나쁜 이야기가 아니야. 너는 아버지가 은퇴하신 뒤에 정말로 도장을 이을 생각이야? 여자답지 못하게 지금보다 강해져서 어쩔 거니? 나랑 결혼하는 것에 무슨 안 좋은 점이——."

그때.

쾅! 하고 테이블을 치는 소리가 가게 안에 울려퍼졌다.

순식간에 주위 손님들이 소리를 낸 장본인을 일제히 주목한다. 떠들썩한 소리가 뚝 멈추고, 카페 전체가 고요해졌다.

그런 시선도 개의치 않고 의자를 차고 일어난 사람은——.

아오가사키가 아니라 히노모리 류가였다.


5


'아아, 저질러버렸어…….'

테이블에 양손을 짚고 분연히 일어난 류가를 나는 체념의 경지로 올려다보았다.

참으로 유감스럽게도 미행 작전은 훌륭하게 실패해버렸다. 아오가사키보다 먼저 주인공의 인내심이 폭발해버렸다.

"……이치로, 미안. 더는 참는 것도 한계야."

"뭐, 어쩔 수 없지……. 알았어. 너 좋을 대로 해."

고개를 끄덕인 나를 남겨두고 류가가 곧바로 걸음을 뗀다.

그리고 그대로 화장실로…… 같은 코미디 없이. 뚜벅뚜벅 곧장 아오가사키와 아서왕이 앉은 자리로 향했다.

"류, 류가……?"

조금 전까지의 분노도 잊고 아오가사키가 당황하고 있다.

물론 아서왕도 사태를 파악하지 못한 모습으로 어리둥절하고 있었다.

　"——학생회장. 그 이상 레이 선배를 모욕하지 마."

　"응? 혹시 자네는 오메이 고등학교의 학생인가?"

　"그래. 사정이 있어 다른 학교 교복을 입었지만. 그런 건 지금은 아무래도 상관없다."

　류가가 말을 더하기 전에 나는 곧바로 그녀에게 달려가 제지하려 했다.

　"야, 야, 류가, 그만해. 위험하다니까."

　그리고 조금 전 '좋을 대로 해'라고 말한 그 입으로 그런 소리를 지껄였다. 왜냐하면 그것이 이 자리에서 내 일이었기 때문이다. 친구 캐릭터의 역할이다.

　……이런 파란이 일어나는 것도 상정한 범위 안이다.

　아서왕이 밉살맞은 녀석인 건 이제 충분히 알았다. 류가가 그에 분노해버린 이상 앞으로의 플롯은 예상이 간다.

　역시 이 서브 스토리는…… 류가와 아서왕이 아오가사키를 둘러싸고 승부하는 왕도 패턴이 될 듯하다.

　주인공이 그러겠다면 나에게 불만은 없다. 앞으로는 아서왕과 확실히 대립해 결투 밥상을 차리면 그만이다.

　그런 꿍꿍이를 꾸미고 있자 이어서 아오가사키의 시선이 내 쪽으로 향했다.

　"코바야시. 너까지……."

　여전히 어리둥절해하는 그녀를 향해 나는 순순히 고개

를 숙인다.

"죄송합니다, 아오가사키 선배. 따라와버렸습니다……."

"어, 어째서."

"역시 걱정이 돼서 가만있을 수가 없어서."

"그, 그렇게까지 나를……."

미묘하게 기분이 좋아진 아오가사키를 내버려두고 여전히 류가는 위태롭게 아서왕을 내려다보았다.

무슨 일인가 지켜보는 손님들에게 나는 "아무것도 아닙니다. 신경 쓰지 마세요"라며 영업용 미소를 뿌려두었다. 구경꾼에 대한 대응도 내 역할이다.

"류가 군과 코바야시 군이라고 했던가. 그래서 대체 무슨 용건일까?"

처음에는 어리둥절했지만 금세 아서왕이 평정을 되찾는다. 이어서 상큼한 미소를 지으며 호들갑스럽게 어깨를 으쓱한다.

"보다시피 우리는 한창 데이트를 하는 중이야. 혹시 레이에게 볼일이 있다면 다음에 해주면 고맙겠어."

어디까지나 태연한 자세를 유지하는 아서왕을 향해 류가가 한 걸음 성큼 다가갔다.

"미안하지만 이야기는 계속 듣고 있었다. 학생회장은 두 가지, 큰 착각을 하고 있더군."

"착각? 무슨 소리지."

"먼저 하나. 월상관이 아오가사키 도장에 뒤처진 것은

'전통' 하나…… 그렇게 말했지."

"분명히 말했다면 착각이 아니잖아."

"월상관에는 한 가지 더 패배한 부분이 있다. 검술 도장으로서 가장 중요한 것."

"호오? 후학을 위해 꼭 듣고 싶군."

"'강함'이야. 월상관의 검으로는 아오가사키류를 쓰러뜨릴 수 없을걸."

"어, 어이 류가, 무슨 소리 하는 거야! 상대는 학생회장이라고? 월상관의 사범이라고? 자가용까지 가지고 있다고?"

나는 대놓고 당황하며 다시 류가를 만류한다. 솔직히 진심으로 막을 마음은 없다. 이렇게 해서 류가를 부추기는 거다.

'아아, 그립다……. 이거야 이거. 이런 게 내, 진짜 포지션이야! 【마신】 따위 처음부터 필요 없었어!'

이제는 류가를 화나게 한 아서왕에게 감사하고 싶다. 아무래도 나는 소드빅스를 우습게 본 듯하다. 조만간 체험 입학해볼까.

혼자 들떠 있는 조역(나)을 내버려두고 당사자들의 이야기는 진행된다.

"류가 군. 실례지만 지금의 아오가사키 도장이 '강함'을 자랑할 수 있을 것 같지 않아. 우리의 상급자들에게 맞설 자가 레이 말고 있을까?"

"여기에 있다."

당연하다는 듯이 고개를 끄덕이고 류가가 대담하게 웃는다. 그리고 자신을 엄지로 가리킨다.

"그게 학생회장의 두 번째 착각이다. 조사가 부족한 거 아닌가? 나는 엄연히 아오가사키 도장의 문하생이야."

아하하. 류가 녀석, 그렇게 나왔나.

이 건에 얽히기 위해서는 확실히 그게 상책일지도 모른다. 류가는 아오가사키류의 대표로 아서왕을 해치우려 하는 것이다.

검을 다루는 건 익숙하지 않더라도 이 녀석이 진다니 있을 수 없는 일이고.

"야마나시 아사오. 당신의 방식으로는 레이 선배는 영원히 돌아봐주지 않을 거야."

"…………."

"검술 도장이라면 정정당당하게 검으로 간판을 빼앗아 봐라! 아오가사키 레이를 원한다면 실력으로 인정받아봐!"

류가가 더할 나위 없이 주인공력을 발휘하고 있다. 평소에는 쿨하지만 동료를 위해서는 뜨겁다……. 역시 류가는 이래야 한다!

"……너도 아오가사키 도장의 일원이라고? 게다가 우리 상급자 이상의 실력이라고?"

"그래. 말해두지만 여기 코바야시 이치로도 문하생이다. 아마 당신보다 강할 거야."

아하하. 류가 녀석, 그렇게 나왔나.

……그렇게 나왔냐! 안 돼! 나까지 입문시켜버렸어!

'왜 거기에서 나를 집어넣지?! 출연은 최대한 피하려고 했는데!'

조금 전까지 들떴던 마음이 순식간에 초조함으로 바뀌었다. 위험하다. 또 스토리에 깊이 관여하고 말 것이다. 최악의 경우 나와 아서왕의 결투가 되어버릴 것이다!

내가 연극도 잊고 허둥대고 있는데.

갑자기 아서왕이 소리를 죽이고 웃음을 터뜨렸다.

"류가 군. 위세가 좋은 건 훌륭하지만 이건 경영자끼리 이야기야. 일개 문하생이 참견할 일이 아니야."

"…………."

"지금 이대로는 아오가사키 도장에 미래는 없어. 하지만 월상관과 합병하면 적어도 레이의 장래는 보증되지. 나로서는 최대한의 성의를 보여줬다고 생각해."

대본도 없는데 길게 떠드는 아서왕. 학생회장이라더니 연설은 특기인 모양이다.

"나는 결혼이라는 형태로 레이의 이후 인생을 제대로 책임을 지려고 해. 자네는 어떻지? 나보다 더 레이의 장래를 보증해줄 수 있니?"

"그, 그건."

어느새 류가가 이야기 주도권을 빼앗겼다. 답변할 말을 잃고 입을 다물고 고개를 떨군다.

……원래 같으면 아서왕의 대사는 나이스 패스다. 여기

서 류가가 "물론이다! 내가 줄곧 레이 선배의 힘이 되어주 겠어!"라고 응수하면 아오가사키는 두근두근하겠지.

하지만 류가는 응이라고 말하지 못한다.

왜냐하면 여자애니까. 아오가사키와 장래를 함께할 수는 없으니까. 오히려 나와 장래를 함께할 마음인 듯하니까—— 성실한 성격 때문에 경솔하게 대답하지 못하고 있다.

'하지만 여기서 아서왕에게 설득당하면 안 돼……. 파이팅 류가!'

마른침을 삼키며 지켜보는 가운데 아서왕이 다시 아오 가사키를 돌아본다.

"레이, 이제 그만 현실을 직시해. 언젠가 아오가사키 도 장의 경영은 반드시 꾸려나갈 수 없게 돼 있어. 이대로는 타나카뿐만 아니라 남은 아이들도 우리에게 빼앗길지도 모르잖아?"

그 순간 아오가사키가 퍼뜩 두 눈을 부릅떴다.

"설마 카즈히코는 네가…….."

"어이쿠, 지금 한 말은 실언이었나."

활짝 웃으며 머리를 긁적이는 아서왕. 너의 실언은 새삼 스러운 일도 아니야.

"단, 나는 딱히 강요하지 않았어. 최종적으로는 타나카 가 정한 일이지. 어느 도장에서 배울지는 본인의 자유…… 아닐까?"

그 말은 얄궂게도 아오가사키 자신도 한 말이었다.

류가와 마찬가지로 아오가사키 또한 분해하며 고개를 떨어뜨리고 말았다. '용신의 계승자'와 '참무의 검사'를 꼼짝 못하기 하다니 대단한 혓바닥이다.

……동시에 내 배가 부글부글 끓었다.

'이 자식…… 인류를 지키는 메인 캐릭터들에게 계속 까불다니…….'

야마나시 아사오. 이 녀석은 지나가는 캐릭터. 이대로는 놈의 페이스로 대화가 끝나버린다. 설령 변론이라 해도 게스트 캐릭터가 주인공을 이기는 것 따위 언어도단이다.

'게다가 뒤에서 빼돌리기 공작까지 하다니. 아오가사키 도장을 걱정하는 얼굴을 하고 직접 무너뜨리려 했을 줄이야…….'

아오가사키가 이 녀석과 결혼해서 행복해질 거란 생각은 도저히 들지 않는다. 되도록 참견하고 싶지 않았지만 지금은 내가 나서는 수밖에 없다.

아서왕이여. 미안하지만 밥상을 뒤엎어주마. 너에게 우리 레이는 못 줘!

"자, 류가 군. 알았으면 자신의 자리로 돌아가——."

"잠깐만, 아서왕."

그때 나는 한 걸음 내딛고 류가의 옆에 섰다.

처음으로 아서왕의 시선이 제대로 나를 바라본다. 이야기가 끝났다고 생각한 참에 물고 늘어진 탓인지 그 얼굴에는 약간의 짜증이 엿보였다.

"뭐지? 아직 할 말이 있어?"

"결국 월상관은 아오가사키 도장보다 약하다는 것을 인정한다──는 걸로 괜찮겠어?"

"……뭐?"

"실력으로는 간판을 빼앗지 못하니까 돈으로 손을 쓰고 싶다…… 그런 걸로 괜찮겠어?"

주변 손님에게 들리도록 약간 큰소리로 말한다.

기대대로 여기저기서 "월상관이면 그 검술 도장?", "아오가사키 도장도 들은 적 있는 것 같아……"라며 속닥이는 말소리가 일었다.

"아까 류가도 말했지? 아오가사키 도장의 간판이 필요하다면 검으로 빼앗아보라고. 비즈니스 이야기도 좋지만 검술 도장에는 검술 도장의 방식이 있잖아? 우리 간판이 필요하다면 그쪽도 간판을 걸고 검으로 승부하는 게 순서 아닌가."

"코바야시 군이었나."

아더의 눈이 날카롭게 나를 쏘아본다. 이미 그 얼굴에서는 미소가 사라졌다.

"월상관을 단순한 신흥유파라고 우습게 보면 곤란해. 우리에게는 전국 수준의 인재가 셀 수 없을 만큼 있어. '강함'에도 그쪽에 질 리가 없지."

"아, 그래."

"무엇보다 바로 내가 너나 류가 군에게 질 리가 없지. 큰소리는 삼가시지."

"헷. 대단한 자신감이지만 당신이 히노모리 류가를 쓰러뜨릴 수 있어? 입문한 지 얼마 되지는 않았지만 이 녀석은 검의 천재야. 큰소리라고 생각한다면 시험해봐."

아서왕의 얼굴에 명확한 노기가 떠올랐다. 역시 이런 타입은 자존심을 건드리는 게 최고다. 사람들이 보는 앞에서 이만큼 도발당하면 그만둘 수 없을 것이다.

"어때, 아서왕. 류가의 도검난무, 댁이 감당할 수 있을까?"

"……잘 알았다. 그 도발에 일부러 넘어가주마."

마침내 크게 고개를 끄덕인 아서왕을 보며 나는 속으로 히죽 웃었다.

좋아, 낚였다! 이걸로 류가와 아서왕의 결투 플래그가 성립했다!

'잠시 마음을 졸였지만, 수미는 잘 맞았어. 이제 류가만 힘내준다면…….'

그런데. 아서왕은 역시나 보통내기가 아니었다.

순순히 나에게 낚여주지 않았다.

"아오가사키 도장의 도전, 월상관의 사범으로서 확실히 수락했다. 일시는 열흘 뒤 정오. 장소는 우리의 본부 도장. 형식은—— 5대 5 단체전을 희망한다."

"다, 단체전? 아니 너랑 류가가 말이지."

"서로의 간판을 건다면 총력전으로 해야겠지? 머릿수가 부족하다는 말은 말아주겠어? 레이랑 류가 군, 그리고 자네로 3승을 하면 되는 이야기야."

저질러버렸다. 큰일났다. 쓸데없이 플롯을 부풀려버렸어!

"잠, 잠깐만 기다려 아서. 나는 안 돼. 왼팔에 금이 갔고 아킬레스건도 여덟 개쯤 끊겼다고. 사실은 절대 안정이 필요한 몸이야."

"코바야시 군, 이제 와서 철회하기 없기야. 큰소리 친 이상 말이지."

"몸 상태도 상당히 안 좋아! 투베르쿨린 검사에 걸렸고 요충 검사에도 걸렸어! 요새는 화장실도 자주 가고 밤중에 못 자고 우는 일도 빈번하게……."

"그렇지, 승부는 토너먼트가 아니라 한 시합마다 승패를 나누는 경기를 제안하지. 우리는 도전을 받는 쪽이니 그 정도 요구는 괜찮겠지?"

"남의 말을 들어 아서! 그러니까 왕비가 랜슬롯이랑 바람을 피우는 거야!"

내가 계속해서 물고 늘어지려 했을 때.

"——알았다. 좋다."

류가가 알았다고 해버렸다. 야무진 표정으로 받아들이고 말았다.

"레이 선배도 그걸로 괜찮겠어?"

류가의 말에 몇 초 동안 말없이 고민하던 아오가사키가 이내 끄덕하고 작게 긍정한다. 돌발적인 전개지만 이쪽도 각오한 모양이다.

그 모습을 확인하더니 아서왕이 자리에서 일어났다. 그대로 우리 앞을 지나가 출구로 걸음을 향한다.

"레이. 오늘의 데이트는 여기까지 하자. 결혼 대답은 열흘 뒤…… 시합 결과로 저절로 나올 테니까."

……아서왕이 사라지고 나자 나와 류가, 아오가사키가 남았다.

형용할 수 없는 침묵이 흐르는 가운데, 류가가 조심스레 아오가사키에게 말을 건다.

"미안, 레이 선배. 제멋대로 일을 벌여서……."

"아니. 두 사람은 나를 걱정해준 거지? 나도 아사오의 말에는 분노를 금할 수 없었다. 이 기회에 확실히 결말을 내는 것도 나쁘지 않아."

류가는 그 대답에 안심한 듯이 표정이 누그러지고, 이어서 강렬한 안광으로 나를 바라보았다.

"이치로. 이 시합, 절대로 질 수 없어."

"나, 그날은 버드맨 콘테스트에 나갈 예정이라……."

일단 그런 발버둥을 쳐보았으나 역시 통하지 않았다.


6


"하아…… 어쩌다 이렇게 되어버린 거야……."

그날 밤. 침울해져서 집으로 돌아온 나는 미온에게 무릎베개를 하고 오래도록 투덜거렸다.

……아오가사키의 데이트를 미행한 결과, 상당히 귀찮은 전개가 되고 말았다.

설마 아오가사키 도장과 월상관의 5대 5 단체전이 될 줄이야. 게다가 그 멤버에 나까지 들어가다니…….

원래 류가와 아서왕의 맞대결로 이 번외편은 끝날 예정이었다. 이번에 나는 두 사람의 결투를 세팅한 시점에서 퇴장할 예정이었다.

그런데 아직 출연이 남았다니. 그것도 이 상태로는 아주 크게 관여하겠지. 하기야 시합에 나가니까.

"나 말이야. 되도록 이번에는 눈에 띄고 싶지 않았어. 조역으로 있고 싶었어……."

"흐응? 자, 머리를 반대로 돌려."

이야기를 들으면서 미온은 조금 전부터 내 귀 청소를 해주고 있다.

미온의 허벅지는 내 머리에 아주 딱 맞는다. 덤으로 귀청소를 아주 잘해서 이제는 나뿐만 아니라 키키까지 포로가 되었다.

"역시 나가야 하는 걸까……. 안 나가면 안 되는 걸까……."

——아서왕이 나간 뒤에도 나는 굴하지 않고 류가를 계속 설득했다.

시합에 나가는 멤버는 류가와 아오가사키. 그리고 유키미야, 엘미라, 쿠로가메면 되는 거 아니냐고.

필요한 사람 숫자는 다섯 명. 메인 캐릭터로 딱 꾸릴 수 있다. 그러면 히로인들 전원이 활약할 수 있고 모두의 결속이 더욱 강해지는 유익한 에피소드가 되지 않겠는가.

나는 친구 캐릭터답게 응원하는 역할로 돌아간다. 시합 때는 빼놓지 않고 해설도 보겠다. 그것이 최고의 인사일 터……. 그렇게 필사로 진언했지만 류가에게 무정한 대답이 돌아왔다.

"유감이지만 리나는 안 돼. 바로 어제 캐나다로 이십 일 동안 무사 수행을 가버려서……. 회색곰과 스모를 하겠대."

그 자식은 킨타로인가.

"게다가 쿠로가메류 권법은 다른 유파 시합을 금지하고 있어. 어찌 되었든 리나는 시합에 나가지 못해."

거북이는 한 발 먼저 도망쳐버렸다. 마이페이스한 엉뚱 절벽녀는 또 이야기에 끼지 않을 작정인 듯하다.

게다가 낙담하는 나에게 아오가사키가 확인사살 한마디를 끼었었다.

"나는 개인적으로 코바야시가 나갔으면 좋겠어. 분명히 이번 시합은…… 내 인생에서 가장 중요한 승부가 될 테니까."

——이렇게 도망칠 길은 막히고 멤버는 결정되었다.

유키미야와 엘미라도 자초지종을 듣더니 흔쾌히 출장을 승낙했다. 내일부터 바로 저마다 연습을 시작한다고 한다.

"뭐, 다들 평범한 사람이 아니니까 분명 승부는 우리가 이길 테지만."

"……자, 끝. 엄청 큰 게 나왔어."

그때 미온이 내 이마를 짝 하고 때렸다. 이어서 귀이개를 옆에 두더니 어째서인지 살짝 기분이 상한 듯이 나를 위에서 들여다보았다.

"이치로 군. 검 시합은 좋지만 히노모리 류가 일행과 너무 친하게 지내면 안 된다? 걔들은 우리의 숙적이니까. 그리고 이치로 군은 도철 님의 그릇이니까."

지당한 의견이다.

그녀들 '나락의 사도'는 태곳적부터 인간계를 위협해온 인류의 적이다. 몇 번이나 류가 일행의 선조님께 패배한 힘겨운 역사가 있다.

특히 미온, 주리, 키키의 '나락의 삼 공주'는 사도를 통솔하는 '장군'이다. 평소 생활 태도로 깜빡하기 십상이지만 어지간히 책임 있는 위치다.

"미온. 너, 아직 세계를 멸망시키는 거 포기하지 않은 거야?"

"그건…… 내가 정할 일이 아니야. 우리 삼 공주는 도철 님을 섬기기로 했으니까. 우리 왕의 의견을 따를 따름이야."

"텟짱은 류가와 싸우기를 바라지 않는데?"

"아, 알아. 단, 설령 인간과 공존하게 되더라도 히노모리 류가 일당과 사이좋게 지내는 건 사양이야. 특히 아오가사키 레이랑은."

"라이벌 사이에는 모르는 사이 기묘한 우정이 생기는 법이야."

"누가 그런 애랑! 아오가사키는 틀림없이 이치로 군에게 마음이 있어!"

"나는 너희 삼 공주에게는 좋은 호적수로 있어주기를 바라고 있어. 다른 '나락의 사도'들과는 일선을 긋는 독자의 위치를 확립하기를 원해."

"그렇게 말해도……. 아오가사키도 내 얼굴을 보면 분명히 싸움을 걸 테고……. 아, 그렇지."

미온이 별안간 손뼉을 쳤다. 내 네 평짜리 방에 그 소리가 작게 메아리쳤다.

"이치로 군. 부탁 한 가지만 들어주면 걔들이랑 좋은 호적수가 되어줄게."

"뭐야. 사고 싶은 거라도 있어? 브랜드 속바지?"

"아니야!"

다시 내 이마를 짝 하고 때린 뒤, 미온이 자세를 바로 한다.

어쩐지 묘하게 격식을 차린다. 몹시 머뭇거리면서 부자연스럽게 헛기침을 했다.

"그래서 부탁이 뭔데."

"으, 응. 부탁이라고 할까, 상담인데 말이야."

"응."

"나랑, 그게…… 아기를 만들어보지 않을래?"

"무슨 생각이야!"

나도 모르게 고함을 지르며 미온의 무릎에서 벌떡 일어났다. 말도 안 되는 부탁이다.

"제발 부디 너만은 정상적인 삼 공주로 있어 줘! 그보다 사도가 아이를 낳을 수 있어?! 너희에게는 혈연 개념이 없다고 했잖아!"

"그러니까 시험해보고 싶어."

혼란에 빠진 나를 무시하고 미온은 볼을 붉게 물들인 채 말을 잇는다. 검지 끝으로 바닥을 몇 번이나 비비적댄다.

"전에 한 번 들은 적이 있어. 일부 특수한 인간이라면 새로운 사도를 늘릴 가능성이 있다고."

"트, 특수한 인간?"

"이능력자거나 【마신】님의 그릇이거나……. 그런 인간과는 아주 드물게 아이를 만들 수 있대."

이능력자란 다시 말해 류가와 히로인들이다.

그리고 【마신】의 그릇이란 다시 말해 나와 쿄카다.

내가 아는 한 미온이 말하는 '특수한 인간'은 그뿐이다. 게다가 남자라면 그중에 나밖에 없다.

"나도 역시 여자니까……. 아이를 낳을 수 있다면 낳아보고 싶잖아? 다행히도 딱 맞는 상대도 있고."

"내가 그 상대라고……?"

미온이 시선을 피한 채 고개를 작게 끄덕였다.

이게 웬일이란 말인가. 약간 마음에 걸리기는 했지만 역시 이 녀석과도 플래그가 만들어졌던 건가. 어째서 다들 이런 시원찮은 말단 캐릭터에 하나같이 호감을 느끼는 거냐고!

"이봐 미온. 나 사실…… 미남이야?"

"얼굴? 표준 이하 아니야?"

물은 내가 바보였다. 사도의 안목으로도 평가는 마찬가지였다.

"그래도 나는 이치로 군이 좋아. 처음 만났을 때부터 느낌이 확 왔어. 그러니까 시험해보지 않을래? 주리와 키키에게는 미안하지만 이치로 군은 내가 제일 먼저 눈독을 들였고……."

"사도가 태어나는 거지?"

"맞아. 어쩌면 믿음직한 전력이 될지도 몰라. 도철 님의 오른팔이라도 된다면 내 자랑거리가 되겠지."

"아이에게 과도한 기대를 강요하지 마! 애초에 그 이야기는 뜬소문일 확률이 커! 전례가 없잖아?!"

"그렇지. 친형제 사도라니 여태껏 본 적이 없으니까. 물론 사도끼리는 아이를 만드는 건 무리고."

"동족끼리 만들 수 없는데 인간과 만들 수 있을 리가 없대도!"

"그러면 우리는 어떻게 태어난 거야. 어째서 성별이 있는 거야?"

"그, 그런 고찰은 시청자나 독자에게 맡기면 돼! 분명히 괜찮은 생각을 해낼 거야!"

"시험해보는 편이 빠르지 않아? 이렇게 귀여운 애랑 할 수 있는데 뭐가 불만이야."

"말했잖아! 나는 이 이야기를 미성년자관람불가로 만들 생각이 없어! 더 건전하게 폭넓은 연령층을 대상으로 할 거야!"

우리가 그렇게 언쟁을 벌이고 있는데.

갑자기 문이 열리고 주리와 키키가 들어왔다. 아무래도 내 고함이 그녀들의 방까지 들린 모양이다.

"미온, 새치기는 못써."

"맞쯥니다."

불만스러운 표정을 지으면서 미온을 압박하는 금발 미녀와 바가지머리 꼬마 여자애.

또 귀찮아졌다. 그건 그렇고 어느새 내 불평이 강제 종료되고 말았다.

"이치로 님, 무례한 간섭을 용서하세요. 그러나 '한다'거나 '미성년자관람불가'라는 워드가 들린 이상, 이 주리가 나설 차례가 아닌가 하였답니다……."

"그 쓸데없는 사명감은 이제 그만 버려줘."

탄식하는 나를 제쳐놓고 주리가 미온을 나무랐다.

"미온. 삼 공주의 장녀격 존재로서 당신에게 설교하겠어. 이치로 님의 그 물건 시중은 내 역할이잖아? 나한테 사용 허가를 제대로 받아."

"마음대로 대리인이 되지 마! 내 물건이라고!"

"애초에 너, 위험물을 다루는 자격은 가지고 있어?"

"별로 위험하지 않아! 소박한 물건이야! 키키도 있으니까 야한 얘기는 삼가해!"

바로 그 키키는 어느새 미온의 무릎베개를 용의주도하게 탈취했다.

"미온, 귀 청소를 부탁함미다. 오늘은 키키 차례인데 이치로 남작에게 새치기 당해쭘미다."

"새치기란 게 나한테 한 소리냐…… 어이 키키, 주리가 한 말은 흘려들어야 해."

"괜찮쭘미다. 키키는 어린애가 아님미다. 암컷과 수컷의 일 정도는 이해함미다."

"어……."

듣고 보니 나는 그녀들의 진짜 나이를 모른다.

전에 들은 이야기지만 '나락의 사도'에는 노화라는 게 없다고 한다. 남녀노소 갖가지 모습을 한 사도가 있지만 그들은 생후 삼 년 정도면 그 외견이 되고, 그 이후로는 변화하지 않는다고 한다.

다시 말해 키키도 나보다 연상일 가능성이 있다. 아무리 봐도 정신연령은 인간의 유치원생과 비슷한 정도지만…….

"너, 의미를 아는 거야?"

"요컨대 이치로 남작이 미온의 아이를 낳는다는 이야김미다."

"반대야, 반대! 엘미라의 소설도 아니고 남자가 어떻게 애를 낳냐!"

참고로 엘미라의 소설은 류가와 나를 모델로 한 캐릭터

가 나온다. 두 사람은 남자끼리 금단의 사랑의 빠져 그 결과 내가 임신한다는 초 전개를 맞이한 참이다.

"우, 이치로 남작. 에미루레 이야기는 그만함미다. 키키는 그 흡혈귀가 스펙터클맨과 똑같을 만큼 실쭙니다."

"엘미라아! 메인 캐릭터 이름은 제대로 기억하라고!"

"꼬부랑글씨는 어렵쭙니다."

"괴수 이름은 기억하잖——."

그때. 내 말을 가로막고 내 안에서 다른 목소리가 나왔다.

"후아암~……. 잘 잤다."

그런 긴장감 없는 하품과 동시에 뒤에서 강한 기척을 느낀다.

돌아보자 그곳에는 아나 다를까——오메이 고등학교 교복을 입은 나와 판박이 소년이 있었다.

"테, 텟짱……!"

"나리, 오랜만입죠. 별일 없으셨습니까?"

말할 것도 없이 【마신】 도철이었다.

나에게 깃든 제2부의 최종 보스를 맡은, 무시무시한 사흉 중 하나다.

도철을 보자마자 삼 공주가 일제히 자세를 바로 하고 옆으로 나란히 정렬해 무릎을 꿇는다. 나와 같은 비주얼이라도 그녀들에게는 왕이다. 최근에는 제법 허물없어진 감도 있지만 주인인 점은 변함없다.

"음, 오늘이 며칠입죠?"

도철의 물음에 곧바로 미온이 "8월 18일입니다"라고 대답했다.

그러자 어째서인지 【마신】은 순식간에 안색이 바뀌어 얼빠진 소리를 질렀다.

"이럴 수가! 나흘이나 자버렸나! 어이, 한신과 쿄진의 삼연전은 결국 어떻게 됐어?! 한신이 이겼어?!"

"삼연패해쭙니다."

"그중 두 시합은 완봉으로 졌습니다."

"안돼에에엥!"

키키와 주리의 보고에 도철이 머리를 감싸안고 바닥을 몸부림치며 뒹군다.

새삼스러운 이야기지만 이런 게 【마신】이라니 상당히 개탄스럽다. 하기야 외견도 성격도 포함해서 도철이 내 영향을 크게 받았기 때문이지만……

"제길, 어차피 또 중간계투를 실수한 거야! 그렇게 말했는데!"

"이봐 텟짱."

"내가 감독이라면 이렇게는……. 그보다 내가 드래프트 지명을 받았더라면……!"

"시끄러워! 【마신】이 페넌트레이스 신경 쓰는 거 아니야!"

"하지만 나리! 이대로 쿄진의 독주를 허용해도 됩니까!"

"괜찮아! 나는 쿄진 팬이라고!"

"저어, 그런데 도철 님. 몸 상태는……."

일어나자마자 소란스러운 도철에게 미온이 걱정스러운 듯이 묻는다. 이제는 삼 공주는 이런 주인을 완전히 포기하고 받아들이는 듯했다.

 "응. 아직 완전히 좋아지려면 멀었지만 일단 멀쩡해. 어이 미온, 먹을 것 좀 줘."

 "컵라면으로 괜찮을까요."

 "컵라면인가……. 뭐, 어쩔 수 없나."

 실제로 오늘 저녁은 새우튀김이었다. 튀기면 더 준비할 수 있겠지만 아마도 귀찮은 거겠지.

 코바야시 집안에서 【마신】 취급은 이제는 이 정도다.

 "앗, 맞다, 나리!"

 어깨가 축 처진 것도 잠시, 도철이 눈을 빛내며 나를 돌아본다.

 "이렇게 눈도 떴고, 잘 부탁드립니다!"

 "뭘 말이야."

 "당연한 거잖아요! 나랑 류가땅의 데이트……. 아니지, 대화의 자리를 마련해주십쇼!"

 "…………."

 ……그 건을 까먹고 있었다.

 도철은 나에게 '절복'―― 다시 말해 지배하에 놓여 무해한 존재가 되었다. 그것을 류가가 이해하도록 사후 처리를 해야 하는 걸 까맣게 잊고 있었다.

 '월상관과 대항전을 치러야 해서 그럴 때가 아닌데…….'

되도록 미루고 싶지만 그렇게 말할 수도 없다.

이건 나 자신이 앞으로 어떤 입장에 설지 영향을 끼칠 문제이기 때문이다.

솔직히 우울했다. 아무튼 【마신】 도철은 보다시피……류가에게 빠져 있다. 이 녀석이 인간과의 공존을 바라는 이유는 까놓고 말해서 류가에게 미움받고 싶지 않기 때문이다.

'이 녀석이 류가를 앞에 두고 위엄과 이성을 유지할 수 있을까……'

단순한 번외편이라고 생각했는데 도철 건까지 대응해야 한다니.

이번 서브 스토리, 점점 복잡해지는 것 같지 않아?

# 제2장 고삐 풀린 마신과 백로 소녀

## 1

도철이 눈을 뜨고 이틀이 지났다.

곧바로 류가와 도철의 대화가 성사되었다. 혼돈에 이어 두 번째인 주인공과 【마신】의 정상회담이다.

사실은 조금 더 유예를 원했다. 하다못해 일주일은 여유를 두고 그사이에 도철과 면밀한 의논을 해두고 싶었다.

그런데 이틀 후가 되어버린 이유는…… 류가가 강력하게 요청했기 때문이다. 류가는 "월상관 문제도 있으니 서둘러 만나고 싶다. 분명히 한 번만으로도 서로 알기는 어려울 테고"라고 했다.

'류가가 그러고 싶다면 어쩔 수 없어. 주인공의 사정에 맞출 수밖에 없어. 하지만…… 그래도 걱정된다. 맹렬하게 걱정된다.'

내가 이렇게까지 걱정하는 건 시간적인 불안만이 아니다.

류가가 그 이상으로 머리가 아픈 제안을 했기 때문이다.

——먼저 도철과 단둘이 이야기해볼게. 이치로가 옆에 있으면 나도 모르게 여자애 모습이 나와버릴 때가 있으니까.——

뜻밖에도 이번 정상회담은 류가와 도철의 일대일 대화가 되어버렸다. 【마신】이 희망하던 바로 그 데이트 같은 형태가 되고 말았다.

이야기를 들은 도철은 기쁨에 미쳐서 날뛰며 온 집안을 달리다 침대로 다이빙하기를 반복했다. 이제는 나와의 의논 따위 하나도 귀에 들어오지 않는 모양이었다.

"나리! 용돈 주세요!"

"미온한테 말해. 그보다 다시 한 번 시뮬레이션을."

"미온! 용돈 줘——!"

"어이! 명심해야 해! 절대로 【마신】으로서의 자각을 잊지 마!"

——그리고 당일. 미온에게 이천 엔을 받은 도철은 의기양양하게 집을 나섰다.

당연히 나는 몰래 따라가기로 했다. 따라가는 게 당연하다.

설마 다시 모자와 선글라스로 변장하고 데이트를 미행할 줄은 몰랐다.


두 사람의 약속 장소는 얄궂게도 요전과 똑같은 카페. 아서왕과 다툰 그 가게였다.

지난번 일도 있기 때문에 되도록 류가는 멀리하고 싶었을 것이다. 그녀로서는 만에 하나를 대비할 의미로도 히노모리 저택에서 만나고 싶었을 것이다.

그러나 도철이 "이 카페의 초코와플이 먹고 싶다"고 고집을 부려서 하는 수 없이 꺾여주었다. ……우리 【마신】이 면목이 없다.

껑충껑충 뛰며 가게로 들어간 【마신】을 확인하고 나도 곧장 가게 안으로 들어갔다.

이미 와 있던 류가는 벌써 아이스밀크 잔을 비웠다. 그 자리는 이전에 아오가사키와 아서왕이 앉았던 장소…… 그리고 내 자리도 지난번과 마찬가지로 중앙 테이블이다.

'자 그럼 아무 일도 없이 끝나면 좋겠지만……'

자연스럽게 류가를 관찰하니 그녀는 아니나 다를까 눈앞에 있는 【마신】의 비주얼에 어안이 벙벙해져 있다.

도철이 나와 판박이란 사실은 당연히 류가에게도 알렸다. 하지만 실제로 대면해보니 역시나 당혹감을 감출 수 없나보다.

"놀랍군……. 정말로 이치로랑 똑같아."

"헤헤헤. 진짜보다 잘생겼지?"

"……구분이 전혀 가지 않아. 나라면 구별할 수 있을 거라고 생각했는데……."

"다시 인사하지. 【마신】 도철이야! 텟짱이라고 불러줘!"

"아니, 그건 좀."

풍격이라곤 전혀 없는 도철에게 류가가 적잖이 당황했다. 저 【얼간이 마신】, 역시 내 이야기를 듣지 않았나. 자각제로였나.

잠시 뒤 주문을 받으러 온 종업원에게 도철이 초코와플 세트를, 류가가 두 잔째로 아이스티를 주문했다.

나는 언제나처럼 아이스커피로 했다. 이전보다도 더 재

정이 쪼들렸기 때문이다.

　이유는 초열괴수 부노게노스—— 또 키키가 소프트비닐 인형 괴수를 졸랐다.

　"류가땅, 교복을 입고 왔구나. 사복 차림이 보고 싶었어."

　"너도 교복이잖아."

　"커플룩이네!"

　"그렇게 말할 거면 우리 학교 애들은 전부 커플룩이야. 그보다 너…… 정말로 도철이야? 이치로 아니지?"

　기운차게 "응!" 하고 대답한 도철을 보며 류가가 자신의 관자놀이를 가볍게 눌렀다. ……거듭거듭 우리 【마신】이 면목 없다.

　"그럼 도철, 바로 본론으로 들어가자. 너는 이미 '절복'당해 이치로의 제어 하에 있는 거로군?"

　"응!"

　"우리와의 전투에 진 걸로 힘도 거의 남아 있지 않지?"

　"응! 그러니까 두 번 다시 나쁜 짓은 못 해! 나는 마음을 고쳐먹고 평화와 정의와 와플을 사랑하는 남자가 됐어!"

　——좋아, 잘했어 도철. 그 기세야.

　류가에게는 비밀이지만 쿄카의 혼돈과 달리 실제로 도철은 힘을 잃지 않았다. 아직 정상은 아닌 것 같지만 【마신】으로서 전투력을 그대로 가지고 있다.

　하지만 그 사실을 류가에게 들킬 수는 없다. 어디까지나 도철은 이제 전투에서 쓸모가 없는 존재로 인식시킬 필요가 있다.

'그러지 않으면 내가 전투 파트에 동원될 우려가 있으니까…… . 함께 싸우는 '동료 캐릭터'로 격상하는 것만큼은 반드시 피해야지.'

나에게 도철은 남은 사흉인 궁기와 도올을 위한 비상수단일 뿐이다.

【마신】은 쓰러뜨리면 개심하고 그 이후로는 류가에게 조력하는 존재가 된다── 그 시스템을 답습하기를 꺼릴 때에 우격다짐으로 말을 듣게 하기 위한 비장의 카드인 것이다.

'텟짱의 무력화와 무해화…… . 아무튼 류가에게 그것만은 인식시키면 오늘은 충분해. 우선 칭찬해주마 텟짱!'

가슴을 쓸어내리고 있자 류가 자리에 주문한 음식이 나왔다.

"왔다, 왔어! 류가땅, 알아? 여기 초코와플 엄청 맛있어! 내가 진짜 좋아해!"

"그, 그렇구나. 와플을 좋아하는군…… ."

"류가땅은 음료뿐이야? 마론파르페 같은 건 주문 안 해?"

"응?"

그 말에 류가가 놀라서 눈을 동그랗게 뜬다.

'저 바보, 칭찬하자마자! 처음 만났다는 설정이라고 했잖아!'

비밀이지만 류가와 도철이 데이트하는 건 이번이 두 번째다. 이전에 도철은 나라고 속여서 류가와 영화를 본 적이 있다.

그때 류가는 카페에서 마론파르페를 주문하고 다 먹지 못한 것을 도철이 먹어주었다고 한다. 그 미묘하게 열 받는 자랑 얘기를 여기서 다시 꺼내다니……!

"다 못 먹으면 내가 먹어줄게. 내가 낼 테니까 주문해!"

"이, 이치로 같은 소리 하지 마."

"그럼 내 와플을 나눠줄게! 자, 앙~."

갑자기 도철이 와플을 내밀어서 류가는 저도 모르게 그것을 "앙~" 하고 입에 넣어버렸다. 직후에 번뜩 정신을 차리고 자신의 행위에 격렬히 후회했다.

"아, 아차. 비주얼이 이치로라서 나도 모르게……!"

"응응. 역시 여자애는 디저트를 좋아하는구나."

"큭…….."

"걱정하지 마. 류가땅이 여자애라는 사실은 아무한테도 말하지 않을 거니까!"

"그 문제는…… 잘 부탁한다."

"하지만 계속 남자인 척하는 거 힘들지? 여러모로 불편하지?"

"그렇지. 애초에 너희 탓이지만."

류가는 페이스가 말리면서도 어떻게든 평정을 유지하려 했다. 아이스티를 천천히 전부 다 마시더니 다시 대화에 힘쓰기 위해 자세를 바로 한다.

"도철, 물어도 될까."

"응!"

"너희 【마신】이나 '나락의 사도'는—— 어째서 인간계를 멸망시키려 하는 거지?"

"어? 으~응……. 그런 생각은 별로 한 적이 없어. 그저 멋대로 살아갈 뿐이라."

"인간계에는 인간계의 규칙이 있어. 남을 상처 입히는 건 좋지 않은 일이야."

"응!"

"대답만은 만점이네……."

"걱정하지 마! 앞으로는 류가땅 편이니까! 어떤 적이 나타나더라도 내가 류가땅을 지켜줄게! 사랑의 힘으로!"

거친 숨을 내쉬며 몸을 쑥 내민 도철에게서 류가가 시선을 쓱 피한다.

그 볼이 은근히 상기되어 있었다. 명백히 기뻐 보였다. 어이 류가, 어째서야! 왜 양손을 볼에 대고 있어?! 왜 다리가 살짝 오므라들었지?!

"그러니까 그 모습으로 구애하지 말아 주겠어. 어쩐지, 그게…… 두근거리니까."

"류가땅의 귀여움에 나도 두근거려! 지금도 이렇게 좋아하는데 말로는 다 못해! 이건 기적이야!"

"나, 나는 지금 남자얏. 그런 말은 하지 않아도 돼."

"사랑이 전부지! 지금이야말로 맹세해! 나는 너를 지키기 위해, 그러기 위해 태어난 거야! 떨리는 이 가슴 마신하트!"

"우우…… 치, 치사해에……."

위험하다. 어찌 된 일인지 생각 이상으로 류가가 설레고 있다. 도철이 나랑 똑같은 외모라서 우려하던 여자애가 나와버렸다!

'정신 차려 류가! 현혹되지 마! 그 녀석의 말은 전부 카피야!'

내가 속으로 필사적으로 외치고 있는데.

갑자기 도철이 자리에서 벌떡 일어났다.

"좋아 지금이다! 류가땅! 내 마음을 받아줘어어어——!"

다음 순간, 도철이 뛰어올랐다. 테이블을 단숨에 펄쩍 뛰어넘어 류가를 향해 다이빙했다. 동시에 스르륵 교복을 완전히 벗어던지고 트렁크스 한 장 차림이다.

설마 이 녀석—— 집에서 계속 이걸 연습했던 건가!

침대에 뛰어들기를 반복한 건 그 때문이었던가!

"류가따아아앙!"

"으악! 시, 신위해방!"

도철이 눈앞까지 닥쳐온 찰나.

류가의 등에서 귀여운 꼬마용이 나타나 숙적인 【마신】을 요격했다.

류가의 수호신인 【황룡】—— 평소에는 이렇게 데포르메한 모습을 하고 있는 통칭·론짱이다.

"규삐!"라는 새된 포효와 함께 론땅이 도철의 사타구니에 박치기를 먹인다. 아슬아슬하게 주인을 지킨 직후 바로 모습을 감추었다.

"으헉!" 하고 이쪽도 포효를 지르고 도철이 곧장 바닥으로 추락했다. 고통스러워하면서 기절한 채 데구루루 몸부림치며 그대로 내 발밑까지 굴러온다. 이쪽으로 오지 마——!

······당연하게도 쥐 죽은 듯 고요해진 가게 안. 황당해하는 손님들의 시선을 받으며 웅크린 채 움찔움찔 경련하는 또 한 사람의 나.

그러자 얼마 안 있어 우리 곁에 주인으로 보이는 아저씨가 날아왔다.

"도, 또 너희가 피운 소란이냐! 적당히 좀 해! 팬티 바람으로 카페에 있지 마!"

울상으로 외치는 아저씨에게 【마신】이 괴로워하는 목소리로 대꾸한다.

"지금은······ 가만히 둬줘······ 숨을 쉴 수가 없어······."

"너희 쌍둥이야?! 부탁이제 다신 오지 마! 정말로 부탁한다!"

"이상하네······. 뤼팽은 이렇게 했었는데······."

"돌아가줘, 뤼팽 형제!"

——이리하여 두 번째 정상회담이라는 이름의 데이트는 십오 분 만에 종료했다.

히노모리 류가는 혼돈에 이어 도철과도 분쟁을 남기는 결과가 되었다.

나는 이 카페의 출입을 금지당했다.

2

무척 유감스러운 형태로 회담이 끝이 나긴 했지만.

다행히도 류가는 도철을 어느 정도 이해해주었다.

"적어도 도철이 인간계에 좋지 않은 생각을 가지지 않은 것만은 알았어. ……나에게는 좋지 않은 생각을 하는 것 같았지만."

아무래도 여자애 취급당한 게 고평가로 이어진 걸로 보인다. 더불어 내가 걱정해서 미행한 것도 그녀를 기쁘게 한 듯했다.

아무튼 근시일 내에 다시 대화의 자리를…… 이라는 약속을 하고 간신히 이번 '뤼팽 사건'은 수습되었다. 집에 돌아와 도철을 붙들고 2층 창문으로 다이빙시켜 주었다.

'다음에야말로 제대로 된 회담을 만들어야 해…….'

이 서브 스토리가 끝나기 전까지 어떻게든 도철이 '무해한 존재'임을 이해시켜야 한다. 친구 캐릭터에 씐 '유쾌한 배후령' 정도로 인식하게 해야 한다.

그럴 수 있다면 이제 남은 건 '주인공의 세미남친'에서 벗어나는 일뿐이다. 그때는 나도 떳떳하게 일상파트 전문 캐릭터로 돌아가 편안하게 제3부를 맞이할 수 있으리라.

'다음 회담에는 나도 출석을 허락받았어. 분명히 어떻게든 될 거야!'

……하지만 그런 일만 고심하고 있을 수는 없는 노릇이

었다.

카페에서 일이 있던 그날 밤. 내 휴대전화로 아오가사키가 메시지를 보냈다.

'코바야시. 내일 단둘이 만날 수 있을까. 네 얼굴이 보고 싶어졌어.'

그렇다. 지금의 나는 귀찮은 일을 하나 더 끌어안고 있다.

월상관과의 대항전이라는 어려운 문제다.

다른 히로인들보다 현저한 아오가사키 레이와의 플래그가 문제다.


이튿날.

아오가사키의 부름을 받은 나는 서둘러 그녀의 저택으로 향했다. 이번에는 동반자가 없는 단독 방문이다.

'단둘이 만나기는 꽤 오랜만이구나. 기분 전환으로 패션 쇼라도 하고 싶은 걸까. 아니면 역시 아서왕 얘기일까…….'

그런 추측을 하면서 아오가사키 저택으로 찾아온 바.

아직 아오가사키는 연습 중이었다. 정확히는 도장에서 아이들에게 지도를 하고 있었다. 아무래도 조금 일찍 와버린 모양이다.

"코바야시. 십 분 있으면 끝나니까 미안하지만 잠깐 기다려주겠어?"

머리를 숙이는 아오가사키에게 "정말 괜찮아요"라고 대

답하고 잠시 도장 구석에서 연습 풍경을 견학했다.

'이야기로는 들었지만 완전히 초등학교 저학년뿐이로구나.'

꼬마들이 한목소리로 열심히 죽도를 휘두르고 있다. 종국에는 나도 불려가 초등학교 2학년인 케이타의 내려치기 연습을 도왔다.

그 모습을 지켜보는 도복 차림 아오가사키는 진지하지만 어딘지 온화한 표정이었다. 평소의 날카로운 안광은 자취를 감추고 마치 어머니 같은 부드러운 눈빛이었다.

'아이들 모두 즐거워 보이네. 아오가사키 선배는 분명히 좋은 선생님이겠지.'

……이윽고 연습이 끝나고 돌아가는 아이들을 굳이 저택 밖까지 배웅을 한 뒤.

아오가사키는 금방 옷을 갈아입고 다시 내 앞에 나타났다. 오늘도 교복을 입나 했는데 시원해 보이는 캐미솔과 주름치마다.

"코바야시. 날씨도 좋고 잠깐 바깥을 걸을까. 서점에서 패션잡지를 사고 싶어서."

산책이라는 제안은 다소 예상 밖이었지만 거절할 이유도 없어서 함께하기로 했다.

만약 아는 사람과 만나더라도 '우연히 마주쳐서 서로 같은 서점에 가는 길이었다'고 변명하면 되겠지. 아오가사키의 복장도 소박해서 설마 데이트라고 생각할 사람은 없을 것이다.

찌는 듯이 더운 한낮. 이글이글 열기를 발산하는 아스팔트길을 둘이서 나란히 걷는다.

"……트러블에 휘말리게 해서 미안하군, 코바야시."

그러자 아오가사키가 그런 소리를 했다. 당연히 월상관과의 대항전 건을 말하는 거겠지.

"신경 쓰지 마세요. 류가가 화내는 마음은 이해하니까. 저도 아서왕에게는 좀 화가 났고."

이건 본심이다. 놈이 순순히 류가와의 일대일 대결에 응했다면 일이 이렇게 귀찮아지지 않았다. 나는 조역으로 도철 걱정만하면 됐다.

"그, 그래. 화가 났었나. 아사오에게는 미안하지만……그 말을 들으니 안심이 되는군."

하지만 아무래도 아오가사키는 내 발언을 다른 의미로 파악한 것 같다.

금방 기분이 좋아져서 나와의 간격을 티 나지 않게 좁힌다. 양손을 뒤로 깍지를 껴서 안 그래도 큰 가슴이 한층 더 강조되었다.

"네가 아사오에게 덤빈 것…… 어울리지 않지만 솔직히 무척 기뻤다. 걱정해서 따라온 것도."

그러고 보니 류가도 도철과의 데이트에 따라온 나한테 화내지 않았다. 여자란 그런 생물인지도 모르겠다.

"그런데 코바야시. 사실은 어제 아사오가 출장 멤버를 알려왔어. 이미 류가에게는 메시지로 알렸다만."

"월상관 멤버요?"

"그래. 우리 멤버는 알릴 필요가 없다고 한다. 시합 중에 변경해도 상관없다더군."

"우습게 보는군요……."

"그만큼 자신 있는 거겠지. 하기야 저쪽은 월상관에서도 손꼽히는 실력자만 모았으니까."

이어서 아오가사키가 아서왕 외 네 명의 상대 멤버를 간단히 설명했다.

——먼저 학생회 부회장 미야모토 치즈루.

오메이 고등학교 2학년으로 아서왕의 후임으로 차기 학생회장이 되는 것이 확실시되는 재원이다. 아서왕과는 사촌지간이며 검도 실력도 전국 톱 수준. 이 근방 남자로는 감당하지 못한다고 한다.

——이어서 학생회 서기 사사키 요스케.

역시 오메이 고등학교 학생으로 아오가사키와 아서왕과 마찬가지로 3학년. 연습은 그다지 열심히 하지 않지만 재능만 보면 아서왕에 필적하는 수재라고 한다. 기분파라 시합 내용이 오락가락하지만 대전 상대가 강할수록 불타오르는 성격인 듯하다.

'미야모토에 사사키……. 검사로서 실로 알기 쉬운 이름이야. 설마 우리 학생회가 월상관에 좌지우지되고 있었다니.'

——세 번째는 키리야라는 사회인. 이 사람은 아오가사키도 잘 모르는지 아서왕을 통해 딱 한 번 인사한 적이 있

는 정도라고 한다. 그러나 아오가사키가 말하기를 "아마도 아사오보다 강하다"고 한다. 성인이 나오다니 어른스럽지 못하다.

──그리고 마지막은 타나카 카즈히코.

처음 듣는 이름이라고 생각했지만 한때 아오가사키 도장의 문하생이었던 그 단역 캐릭터인 듯하다. 그도 실력면에서는 상당하겠지만 그중에서는 가장 쉽다고 여겨진다.

'반드시 이 녀석과 시합하고 싶어. 조역끼리 재미없는 시합을 하고 싶어.'

남몰래 타나카와의 대전을 바라는 나를 무시하고 아오가사키가 작게 한숨을 쉬었다.

"설마 아오가사키 도장의 존망이 걸린 이 승부에 카즈히코를 내보낼 줄은 몰랐어……. 아사오도 심보가 나쁘군."

"그 사람은 분명 아오가사키 선배의 소꿉친구죠? 오래 알고 지냈나요?"

"초등학생 때부터야. 하지만 카즈히코가 우리 도장에서 검을 배우기 시작한 건 중학생이 되고부터다. 부끄러운 이야기지만 '레이의 강함을 동경한다'고 했어."

……그 사람은 어쩌면 아오가사키를 좋아했던 것 아닐까. 보다시피 눈이 번쩍 뜨일 만큼 미인이다. 분명히 어릴 적부터 예뻤을 것이다.

무엇보다 이 커다란 가슴이 무럭무럭 자라는 모습을 가까이에서 보면서 의식하지 않고 버틸 수 있을까? 나라면 무리다. 틀림없이 가슴 성장일기를 썼을 것이다.

"코바야시. 오해하지 않도록 말해두지만, 나랑 카즈히코 사이에 연애 감정은 없다."

내 마음을 읽은 것처럼 아오가사키가 못을 박는다.

그건 잘못된 의견이라 생각한다. 아무리 아오가사키에게 마음이 없다고 해서 어째서 상대도 없다고 단언할 수 있지.

타나카의 마음을 멋대로 대변하는 건 그만두기 바란다. 그에게도 메인 캐릭터를 짝사랑할 권리 정도는 있으니까……. 나도 모르게 타나카에게 그런 연민을 품은 그때.

"카즈히코에게는 같은 학교에 다니는 여자 친구가 있어."

카즈히코 이 자식! 조역 주제에!

"그리고 나한테도 마음이 쓰이는 이성이 있다……. 지금 눈앞에."

나 이 자식! 조역 주제에!

눈에 띄게 얼굴을 찌푸린 나를 보고 아오가사키가 허둥지둥 고개와 손을 젓는다. 긴 포니테일이 휙휙 선회해 내 볼을 탁탁 때렸다.

"시, 시, 신경 쓰지 마. 딱히 지금 당장 코바야시랑 어떻게 되고 싶은 건 아니니까. 지금은 이렇게 가끔 만나주는 것만으로 충분해. 당분간은 코바야시도 【마신】 도철 건으로 정신없을 테니까."

그 뒤로 잠시 어색한 침묵이 찾아왔다. 서로 고개를 숙인 채 대화도 없이 걸었다.

'류가는 물론이고 아오가사키 선배도 나 따위와 엮이지 말았어야 해. 메인 캐릭터 상대로는 걸맞은 격이란 게 있다고.'

아무튼 분위기를 바꾸고 싶어서 나는 다시 개성 없는 인물 이야기를 꺼냈다.

"어, 타나카였나요. 그 사람은 왜 이제 와서 월상관으로 이적한 거죠? 중학교 때부터 육 년 가까이 아오가사키 도장에 있었죠?"

"확실한 이유는 알려주지 않았어. 하지만 최근의 카즈히코는……. 나랑 거리를 두는 것 같아. 나와의 실력 차이가 줄어들지 않는 게 초조했을까."

그야 그렇다. 아무리 실력이 는다 한들 일반인이 아오가사키를 대적할 수는 없다.

이 사람은 류가 진영의 넘버2다. 제1부에서는 쉰이나 되는 사도를 홀로 해치워버린 강자다.

"저번에 엘미라도 말했지만, 아오가사키 선배에게 이기다니 무리예요. 검으로는 류가보다도 위니까."

생각나는 대로 솔직히 의견을 말하자 갑자기 아오가사키가 자조하듯이 쓴웃음을 지었다.

"과연 그 말을 순순히 기뻐해도 될까. 그러고 보니 아사오도 말했지. 여자답지 못하게 도장을 잇고, 지금보다 강해져서 어쩔 거냐고── 확실히 정곡을 찌르는 이야기야."

"검사는 아오가사키 선배의 한 측면일 뿐이에요. 사실은 여자다운 일면도 있는데……."

"이해받지 못해도 어쩔 수 없지. 그 민얼굴을 아는 사람은 현재로서 너뿐이니까. 그리고 그걸 철저하게 감춘 사람은 다름 아닌 나 자신이니까."

──아오가사키 레이는 금욕적인 여검사. 오로지 검도에 매진하는 엄격하고 융통성 없는 사무라이 걸.

주변 모두는 그렇게 생각하고 있다. 이렇게 말하는 나역시 이전에는 그렇게 믿었다.

하지만 그것이 그녀의 전부는 아니다. 유행에 민감하고 패션을 좋아하는 유행파 소녀…… 그 또한 아오가사키 레이다. 그녀는 결코 검술만의 인간이 아니다.

"나는 진짜 자신이 알려지는 게 무서운지도 모른다. 남자한테 지지 않는 여검사·아오가사키 레이── 그런 캐릭터를 스스로 만들고 필사적으로 연기할 뿐일 수도 있어."

"…………."

어쩐지 남의 일 같지 않은 이야기다. 나도 갖가지 '주인공적 존재'에 맞춰 지금까지 캐릭터를 마구 바꿔왔다.

그 점에서는 아오가사키와 비할 바가 아니다. 내 전생은 카멜레온일지도 모른다.

"캐릭터를 연기하는 건 나쁜 일일까요……."

"나쁜지는 모르겠지만 만약 '진짜 자신'을 받아들여준다면 분명히 행복한 일일 거야. 코바야시에게 '진짜 나'를 들킨 건 우연이었지만 받아들여준 건…… 역시 기뻤으니까."

나는 우울했습니다……라고 속으로 대답하면서도 약간 자기혐오에 빠졌다.

'결국 나는 여전히 아오가사키를 기호로밖에 보고 있지 않은지도 몰라…….'

나에게 아오가사키 레이란 지금도 역시 검사 캐릭터다. 주인공 동료이며, 전·히로인 후보이며, 이야기의 메인 캐릭터이다.

이건 내 나쁜 버릇이다. 모든 인간을 배역으로 인식해버리는 습성이 있다. 그런 메타적인 시점으로 주위를 보는 건…… 사실은 무척 실례되는 짓이다.

'나랑 아오가사키 선배는 근본적으로 달라. 내가 바라서 캐릭터를 연기하는 거랑 달리 그녀는 주변의 눈을 신경 쓰느라 어쩔 수 없이 연기하고 있는 거야. 이 사람은 꽤나 분위기를 신경 쓰는 성격이니까.'

……차라리 커밍아웃을 하는 게 낫지 않을까. 동료들 정도에게는.

그녀의 '뜻밖의 민얼굴'은 결코 주변을 실망시킬 만한 게 아니다. 오히려 매력적인 갭이라고 생각한다.

이 서브 스토리는 아오가사키 레이가 메인…… 그녀를 심층적으로 다룰 절호의 기회기 때문이다.

'아오가사키 선배를 프로듀싱할 수 있는 건 민얼굴을 아는 나 말고는 없어. 되도록 조역으로 있고 싶었지만…….

이번에는 아오가사키 선배를 위해 할 수 있는 일을 해볼까.'

"아오가사키 레이에게 이런 면이 있었나", "왠지 친근감이 생겼어", "레이짱은 내 신부. 너희는 쿠로가메나 좋아해"—— 이 에피소드가 끝났을 때, 그런 코멘트가 밀려오게끔. '아오가사키 레이 · 섹시 대형 쿠션 커버' 같은 게 만들어지게끔.

코바야시 이치로는 조연의 프로—— 주인공뿐만 아니라 주인공의 동료도 빛나게 해주마!

"아오가사키 선배. 저, 열심히 할게요. 월상관과의 시합, 반드시 성공시키겠습니다!"

나의 결연한 선언에 아오가사키가 당황하면서도 "어, 그래" 하고 고개를 끄덕였다.

"반드시 극적인 전개로 만들죠! 그러기 위해 최선을 다하겠습니다!"

"고, 고맙다 코바야시. 하지만 너무 무리는 하지 마."

"경우에 따라서는 저만 비참하게 지겠습니다!"

"무슨 소리야!"

"위기 상황이 약간 있는 편이 좋겠죠!"

"위기 따위 필요 없어!"

"스트레이트로 이기는 전개를 누가 바랍니까!"

"내가 바란다!"

그런 대화를 하면서 우리는 서점으로 걸어갔다.

그로부터 약 이십 분이 지났다.

사려던 잡지를 구입한 아오가사키와 함께 서점을 나와 어슬렁거리고 있을 때.

약간의 해프닝이 일어났다. 앞쪽에서 젊은 남녀가 다투고 있었다.

보아 하니 아무래도 헌팅 같다. 키 큰 갈색 머리 청년이 슈퍼의 비닐봉지를 든 교복 소녀에게 끈질기게 말을 걸고 있다. 그보다 저 여자애는…….

"잠깐만! 한 시간 정도 차만 마시자! 응, 부탁해!"

그런 신통찮은 말을 지껄이면서 청년이 양손을 모으고 간청했다. 화려한 알로하셔츠에 별 모양 피어스를 한 더없이 경박해 보이는 오빠였다.

"끈질기네……. 나는 집으로 돌아가서 저녁 준비를 해야 해."

"가정적인 애는 진짜 좋아. 그럼 하다못해 메일주소만이라도 알려줘!"

"휴대전화 없어."

"또 그런다~. 그럴 리가 없잖아?"

그들과의 거리가 몇 미터까지 가까워졌을 때.

갑자기 아오가사키의 발걸음이 빨라졌다. 뚜벅뚜벅 일직선으로 두 사람 곁으로 향한다.

그 의도는 헤아릴 것도 없다. 성실하고 정의감 강한 그
녀로서는 보고도 못 본 체할 수 없었으리라.

"——싫어하는 부녀자에게 끈질기게 치근대다니 검사가
할 짓이 아니로군. 수치를 알아라, 사사키."

아오가사키의 목소리에 청년이 이쪽을 본다. 목소리의
주인을 확인하자마자 순식간에 얼굴을 일그러뜨린다. 사
사키라면 설마…….

"쳇, 누군가 했더니 아오가사키냐. 내버려둬. 너하고는
관계없잖아?"

"헌팅하지 말라는 소리는 안 하겠다. 하지만 거절당했다
면 깨끗하게 포기해. 네 추문으로 오메이 고등학교의 이름
을 더럽히지 마. 그러는 김에 월상관의 이름도."

역시 그랬나.

이 녀석은 사사키 요스케—— 조금 전 아오가사키가 말
한 이번 대항전에 출전하는 월상관 멤버다. 동시에 우리
학교 학생회 멤버이기도 하다. 이런 경박한 남자도 서기를
할 수 있는 건가.

"헷, 이 정도로 아사오가 정색할 것 같아. 나로 말할 것
같으면 그 녀석에게 직접 입문을 권유받은 남자거든?"

"너의 그 근성을 고쳐주고 싶었다…… 아사오에게는 그
렇게 들었다만."

"흥. 점잔 빼며 말하지만 너도 남자랑 함께잖아."

사사키의 시선이 아오가사키 뒤에 서 있던 나를 흘끔 본

다. 그 입가가 비웃는 듯한 미소를 짓는 걸 알 수 있었다.

……아무래도 나를 '보잘것없는 잔챙이 캐릭터'라고 인식한 것 같다.

그 판단은 무척 올바르다. 나는 본디 그 정도의 존재다.

'아니, 지금은 우습게 보인 것을 기뻐할 때가 아니야…….'

솔직히 나는 상당히 초조했다.

사사키가 헌팅하던 소녀를 보았을 때부터 크게 동요하고 있었다. 사실은 아오가사키를 달래서 재빠르게 도망치고 싶었다.

왜냐하면 그 소녀는── 내가 잘 아는 인물이었던 탓이다. 머리를 옆쪽으로 묶은 함께 사는 여고생이었기 때문이다.

그렇다. 우리 집 객식구다. '나락의 삼 공주' 중 한 사람, 미온이었다.

'난감하게 됐어. 설마 이런 형태로 사도와 맞닥뜨릴 줄이야……. 게다가 그게 하필이면 아오가사키 선배의 숙적일 줄이야…….'

어떻게든 넘겨야 한다. 만약 내가 삼 공주와 같이 사는 걸 들키면 귀찮아지고 만다. 틀림없이 류가 등등의 가택 수색을 받고 만다.

'미온, 알지? 지금은 남인 척하는 거야? 너는 그저 살림에 찌든 여고생이라고?'

불행 중 다행으로 아오가사키는 이형 버전 미온밖에 모른다.

잘 처신하면 반드시 해결할 수 있다. 대파가 삐져나온 슈퍼 비닐봉지를 든 소녀가 백로형 사도인 건 아오가사키는 꿈에도 모를 터.

'부탁한다 미온! 오늘 설거지 내가 전부 할게! 키키도 내가 목욕시킬게! 점심이 늘 국수인 것도 더 이상 불평하지 않을게!'

필사적인 눈빛으로 호소했지만 미온은 이쪽을 보지 않았다.

아까부터 부모의 원수처럼 아오가사키를 힘껏 노려보고 있다. 어이, 그만해! 째려보지 마! 목덜미에서 조금씩 백로 특유의 깃털을 드러내지 마!

"그래서, 그쪽의 신통치 않은 수수한 녀석은 누구야. 설마 아사오가 말한 조사에서 누락된 아오가사키 도장 문하생인가? 그런 것 치고는 엄청 약해 보이는데."

사사키가 대놓고 나를 조롱한다. 철저하게 잔챙이 캐릭터 취급을 하는 것 같다.

이런 때에 뭣하지만 그게 묘하게 기분이 좋았다. 최근에 줄곧 분수에 맞지 않는 평가를 받아서 이런 대우는 신선했다. 사사키가 조금 좋아졌다.

"누, 누가 신통치 않은 수수한 녀석이야! 우습게 보지 마!"

나는 기쁨을 감추고 화를 내며 사사키에게 대들었다. 상대방이 예의를 갖춰주었다. 제대로 리액션을 해야 한다.

"잘 들어. 나는 오메이 고등학교 2학년 코바야시——."

"잔챙이의 이름 따위에 흥미 없어."

최고의 대사가 돌아왔다. 굿잡 사사키! 댁은 좋은 사람이야!

새로운 조롱을 원하며 나는 계속해서 그에게 대들었다.

"야, 얕잡아 봤겠다……. 각오해, 시합에서 묵사발을 만들어줄 테니까!"

"네가? 나를? 하나도 안 웃기거든, 잔챙아."

아아! 사사키 씨 좋아합니다! 더! 좀 더 꾸짖어줘!

내가 이상한 취미에 눈을 뜰 뻔했을 때.

아오가사키가 눈에 힘을 주고 노기를 담아 사사키에게 말했다.

"사사키. 더 이상 우리 문하생을 모욕하는 건 그만두지. 코바야시는 너 따위보다 훨씬 우수한 실력자다. 쉽게 보다가는 시합에서 큰코다칠 거다."

"쳇, 여전히 더럽게 성실한 검술 바보야……. 아~아, 흥이 깨졌어."

사사키는 호들갑스럽게 한숨을 쉬고 발길을 돌렸다. 아쉽지만 가버린 듯하다.

"기억해둬, 아오가사키. 네 도장을 재기 불능으로 만들어줄게. 오랜만에 제 실력을 내볼까."

막말과 함께 사사키가 떠나자 아오가사키가 웃으면서 미온을 바라보았다. 그러나 그 직후에 자신을 매섭게 노려보는 교복 소녀에게 당연하지만 당황하는 기색을 비쳤다.

……그랬다. 황홀해할 때가 아니었다.

상황은 지금 긴박하게 돌아가고 있었다. 전투가 시작될 지 말지의 갈림길이다.

"으음…… 어디에서 만난 적이 있나?"

역시 미온이라고 알아채지 못했는지 아오가사키가 조심 스럽게 물었다.

여기서 미온이 "아뇨. 죄송합니다. 아무것도 아니에요. 고맙습니다" 같은 대답을 하면 베스트다. 알았지 미온! 믿 는다!

"나를 모르다니 '참무의 검사'의 눈도 있으나마나로군. 수호신【청룡】이 울겠어."

최악의 대답이었다.

한순간 어리둥절하던 아오가사키의 표정이 눈 깜짝할 사이에 굳는다. 반사적으로 뒤로 물러나며 가지고 있던 목 도를 뽑는다.

"네, 네놈…… 미온인가!"

"감사해. 당신이 알아챌 때까지 여섯 번은 목을 칠 기회 가 있었어."

──내 우려가 최악의 형태로 실현되고 말았다. 이제 두 사람은 일촉즉발, 언제 전투를 개시해도 이상하지 않은 임 전 모드다.

"아오가사키. 당신, 결혼한다며? '나락의 사도'와의 전투 도 끝나지 않았는데, 나랑 승부도 내지 않았는데, 신세가

쨰 좋네."

"결혼 따위 하지 않는다. 그러기 위해 코바야시도 활약해주었지. 무척 친근하게."

그 말에 미온이 나를 째릿 쏘아보았다.

오늘 반찬은 하나 줄일 거야—— 그 눈이 말없이 그렇게 고했다.

"그, 그만해 둘 다! 전투는 금지야! 안 돼! 절대로!"

아무튼 둘 사이에 끼어들어 설득을 시도했다.

이렇게 되면 내가 수습할 수밖에 없다. 어떻게든 온건한 형태로 주변에 피해가 가지 않도록, 이 아수라장을 폭발적으로 진압하는 수밖에 없다.

"두 사람도 알잖아! 류가는 지금 혼돈과 도철과 대화를 하고 있는 중이야! 정상회담을 무시하고 무력 충돌이라니 언어도단이야!"

"그렇다고 이대로 헤어지면 뒷맛이 너무 나쁘지."

"동감이다. 이건 우리 두 사람의 문제다. 류가와는 관계없어."

끝까지 물러나지 않을 작정인 듯하다. 이럴 때만 의기투합하지 말기를 바란다.

——그렇다면 나에게도 생각이 있다.

흑백을 가리고 싶다면 가릴 수 있게 해주마. 바람대로 승부하게 해주마.

"알았다. 그렇게까지 말한다면 말리지 않을게. 내가 입회인이 될 테니까 실컷 겨뤄."

거기서 나는 "단!" 하고 강하게 말했다. 불꽃을 튀기는 두 사람에게 단호히 외친다.

"그 방법은 내가 정한다! 입회인이 제시하는 장르로 승부한다!"

"아오가사키를 쓰러뜨릴 수 있다면 뭐든 좋아."

"코바야시, 승부 방법을 말해."

다행히도 양쪽 모두 받아들였다.

나는 천천히 크게 숨을 들이쉬고 드높은 목소리로 그녀들에게 고했다.

"승부는── 수영복 대결이다!"

4

일단 해산한 뒤에 역 앞에서 다시 합류한 우리는 전철로 옆 동네 수영장에 갔다.

처음에는 아오가사키도 미온도 이 승부 방법에 불만이 가득한 표정이었다. 하지만 최종적으로는 내 세 치 혓바닥으로 구워삶는 데 성공했다.

양자의 대항심을 부추기는 건 나에게 그다지 어려운 일이 아니다. "아무리 무력으로 이겨도 말이지. 매력으로 진다면 말이지." ……이런 느낌으로 부추기자 두 사람은 순식간에 투지를 드러냈다.

"아오가사키. 당신에게 격의 차이란 걸 가르쳐줄게. 나는 이래 보여도 이계에서는 팬클럽까지 있으니까."

"그 말, 그대로 되돌려주마. 나 역시 이래 보여도 예능사무소에서 스카우트 받은 적이 한두 번이 아니다."

"흥. 큰 가슴만이 장점인 당신이 나를 이길 수 있을까?"

"가소롭군. 수영복 고르는 센스에서 네놈 따위가 나를 당해낼까?"

……이리하여 간신히 전투 파트로 돌입하는 사태만은 저지했다.

'아니, 아직 안심할 수는 없어. 그나저나 탈의실에서 전투를 벌이지는 않겠지…….'

그런 걱정을 하면서 수영복 차림이 되어 수영장으로 나와 보니.

역시 원내는 어느 정도 손님으로 붐볐다.

이곳은 5년쯤 전에 생겼고, 거대 워터 슬라이더와 자쿠지(Jacuzzi)풀 등 설비도 충실하다. 인근에 사는 사람이라면 한번은 온 적이 있을 것이다.

참고로 나는 이곳에 오기는 3년 만이다. 이제 두 번째다.

고등학생이 되어 류가와 친구가 되고부터는 수영과 눈에 띄게 멀어지고 말았다. 물론 이유는 같이 가자고 해도 류가가 거절하기 때문이다. 그녀는 수영복을 입을 수 없었다.

'설마 아오가사키와 수영장에 가는 약속이 실제로 이루어지다니.'

흐지부지 끝날 줄 알았는데 고육지책으로 진짜 수영복을 보게 되었다. 그것도 적 간부라는 덤까지 붙여서.

'그런데 미온 녀석 수영복이 있었나? 조금 전에 잠시 해산했을 때 집으로는 돌아오지 않았던 것 같은데……'

아오가사키가 수영복을 가지러 간 한편, 미온은 장을 본 봉지를 나에게 떠맡기고 어딘가로 가버렸다. 나는 하는 수 없이 혼자 집으로 돌아가 수영복을 가지고 곧장 다시 나왔다.

'그 녀석은 착실하니까 수영복을 산다면 나에게 한 마디 양해를 얻었을 텐데.'

……그런 생각을 하는데.

"기다리게 했군, 코바야시.."

"기다렸지, 이치로 군."

뒤에서 부르는 소리에 나는 사고를 중단하고 돌아보았다.

여전히 서로를 흘겨보면서 아오가사키와 미온이 이쪽으로 걸어온다. 얼마 있지 않아 눈앞까지 온 두 사람에게 나는 절로 감탄했다.

――아오가사키는 황록색 비키니 차림이었다.

허리에 시스루 파레오를 두르고 왼쪽 발목에는 링 형태 발찌를 찼다. 늘씬한 긴 팔다리, 군살 없이 탄탄한 허리…… 그러나 무엇보다 눈 보신인 건 터질 듯한 가슴이다. 이 두 언덕을 '보잉(여성의 풍만한 가슴을 뜻하는 속어)'이라고 하다니 옛사람의 표현력은 훌륭하다.

'배꼽도 만점이라고 할 수밖에 없어. 이 사람, 벗으면 이

정도로 굉장했구나!'

——한편 미온은 시크한 검은 원피스 수영복이었다.

경향은 아오가사키와 대조적이지만 몸매의 훌륭함은 뒤지지 않는다. 가슴도 어느 정도 있고 형태도 좋다. 하지만 특필할 만한 복부…… 원피스이면서 마름모로 열려 배꼽을 노출했다. 이 점에는 배꼽 감정사인 나도 깜짝 놀랐다.

'미온의 배꼽도 예쁘군. 시크하면서 대담하다니 놀라워!'

나뿐만 아니라 부근 남자 손님의 시선도 두 사람에게 못 박혔다.

그것도 그렇다. 이건 나만 봐도 될 광경이 아니다. 다 함께 나누어야 하는 유형문화재다.

"어때, 코바야시. 내 혼신의 수영복 셀렉트는. 끽소리도 나오지 않겠지!"

"어때, 이치로 군. 서둘러 준비한 것 치고는 꽤 괜찮지? 비상금으로 샀어."

사도가 비상금을 만들었다. 착실하고도 맹랑한 녀석이다.

설마 그래서 수영복 배꼽 부분이 뚫려 있는 건 아니겠지.

"코바야시 어서 선택해."

"어느 쪽이 매력적이야?"

아오가사키와 미온이 나를 압박한다. 두 사람의 눈이 '나를 고르지 않으면 그냥 끝나지 않을 줄 알아'라고 말하고 있었다.

"아, 아직 심판하기는 일러. 심사를 계속합니다. 그럼

어…… 남자가 감동할 대사를 말해보세요. 물론 이 상황에 어울리는 말을."

내 주문을 받고 곧바로 미온이 자신의 가슴에 손을 댄다.

"응~, 좀 끼나. 또 가슴이 커졌을지도오."

"미온 선수, 백 포인트!"

지지 않겠다는 듯 아오가사키가 태양을 올려다보고 들어올린 손으로 햇볕을 가린다.

"생각보다 햇볕이 강하군……. 괜찮으면 선오일을 발라주겠어?"

"아오가사키 선수, 백 포인트!"

역시 운명의 라이벌 동지, 이런 승부까지 비등비등했다.

"이치로 군. 이 조개껍데기, 파도소리가 들려……."

"미온 선수, 백 포인트! 조개껍데기는 없지만!"

"좋아 코바야시, 저기 무인도까지 경주다."

"아오가사키 선수, 백 포인트! 저건 폴리에틸렌 섬이지만!"

그 뒤로 몇 번이나 대사를 주고받았지만 역시 둘 다 호각이었다. 나도 서서히 재미있어졌다.

"큭, 제법이네 아오가사키."

"네놈도 미온."

착실히 포인트를 얻는 라이벌에게 서로 점점 발동이 걸린다.

이어서 섹시 포즈 대결, 워터 슬라이더를 우아하게 미끄러지는 대결, 고래 튜브와 천진난만하게 장난치는 대결,

아이스바를 에로틱하게 빨아먹는 대결 등으로 이행했지만 거기서도 실력은 대등했다. 캠코더를 가져올 걸 그랬다.

"이것 봐 코바야시! 나는 수면을 양단할 수 있다!"

"아오가사키 선수, 마이너스 백 포인트! 일반인처럼 행동할 것!"

"봐봐, 이치로 군! 나는 수면을 달릴 수 있어!"

"미온 선수, 마이너스 백 포인트! 인간처럼 행동할 것!"

……이러저러해서 서로 삼천 포인트를 획득했을 무렵에는 나는 뭐하러 여기에 왔는지 헷갈리기 시작했다.

아오가사키와 미온 역시 조금 지쳤다. 슬슬 판정을 내리지 않으면 수영장의 물고기 밥이 되어 버릴 것이다.

"코바야시, 이제 됐지……. 어느 쪽이 매력 있는 여자지……?"

"나, 이제 저녁 준비를 해야 하니까…… 얼른 결정해."

더는 끌 수 없다. 구경꾼도 제법 모여들었다.

그렇다고 해도 판정하기가 무척 무섭다. 어느 쪽을 고르더라도 나는 무사할 수 없을 것만 같았다. 결국 수영장의 물고기 밥이 될 미래가 보인다.

'우쭐해서 너무 이것저것 시켜버렸어……. 둘 중 누구의 린치가 가벼운 상처로 끝날까.'

까맣게 잊고 있었지만 나는 아직 왼팔에 금이 간 상태다. 월상관과의 대항전도 있고 더 이상 골절은 피하고 싶다.

"코바야시! 나를 여자로 만들어줘!"

"이치로 군! 내 가슴에 뛰어들어!"

"가슴이라면 내가 크고 부드럽다!"

"나도 D컵이고 대개의 물건은 주무를 수 있어!"

남의 눈도 신경 쓰지 않고 그런 소리를 하는 두 사람에게——나는 마음을 굳히고 선언했다.

"무, 무승부다!"

그 순간 공기가 출렁이며 일그러진 것 같았다. 두 사람이 두른 공기가.

"승부는 다음으로 미룬다! 다음은 란제리 대결로——."

말이 끝나기 전에 수영장 물속으로 던져졌다.

"웃기지 마! 이런 일까지 시켜놓고서!"

"맞아! 소중한 비상금을 어떻게 할 거야!"

버둥거리며 물에서 얼굴을 내밀었을 때 발차기의 비가 쏟아진다.

아오가사키의 다리, 미온의 다리, 아오가사키, 미온, 페인트로 다시 미온……. 역시 라이벌끼리 합이 맞는 연계였다.

"미온, 이렇게 되면 물수제비뜨기 대결이다! 코바야시를 몇 번 찰 수 있는지로 승부다!"

"바라던 바야, 아오가사키! 처음부터 그래야 했어!"

그러나 나를 돌멩이로 가정한 물수제비뜨기 승부도 역시 호각이었다.

나는 결국 수영장의 물고기 밥이 되었다.

"······아오가사키 레이. 오늘은 엉망이 되었지만 다음에
는 반드시 결말을 내겠어. 각오해."

그로부터 한 시간쯤 뒤.

세 명이서 수영장을 나와서 미온은 그런 말을 남기고 먼
저 홀로 돌아갔다. 아마도 이제 서둘러 돌아가 저녁 준비
를 할 듯하다.

하지만 돌아갈 때 백로 사도는 이런 말도 했다.

"그래도 뭐······ 스타일과 수영복 센스는 인정해줄게. 나
정도는 아니지만——."

그 말을 들은 아오가사키는 "흥. 지고도 억지 부리기는"
이라며 혼잣말을 하면서도 희미하게 입가에 미소를 지었다.

무승부 판정 직후는 격노했지만 돌아가는 전철에서도
평범하게 나와 이야기랄 나누었다. 결과로는 납득하지 못
했지만 나름대로 충실감이 있었던 모양이다.

"분하지만 미온의 수영복은 나도 센스를 느꼈다. 그냥
포악한 사도라고 생각했는데······. 어쩌면 그 녀석은 내 라
이벌 같은 존재인지도 모르겠군."

이런 승부로 적을 인정해도 되는 걸까.

복잡한 심경인 나에게 아오가사키가 미소를 짓는다. 차
창으로 비쳐드는 저녁 햇살을 받은 그 얼굴은 평소보다도
훨씬 아름다웠다.

"신기하군. 최근 며칠 울적한 기분이 조금 풀린 것 같아.
일주일 뒤로 닥친 월상관과의 시합도—— 이걸로 후련하

게 임할 수 있을 것 같다."

그 뒤. 나는 평소처럼 아오가사키를 집까지 바래다주었다. 저녁 근처 몇 미터만 그녀의 부탁으로 손을 잡았다.

이어서 집으로 돌아가는 길에 자판기에서 주스를 사서 얼굴에 대고 열을 식혔다. 두 사람에게 차인 덕에 약간 부었다. 오히려 멋있어지지는 않았을까.

'뭐, 이 정도로 끝나서 다행이야. 좋은 광경도 봤고 플러스마이너스 제로로군.'

그럼 감상을 품으며 집으로 돌아오자 역시나 미온이 저녁을 차리고 있었다.

웬일로 주리와 키키까지 불평하지 않고 열심히 도왔다. 장녀와 막내는 나를 보자마자 샤샤샥 다가와 부엌에 서 있는 차녀를 겁먹은 눈길로 바라보았다.

"오늘의 미온, 왠지 좀 무서워쭙니다."

"이치로 님, 부디 주의하세요. 저희 집 보스가 기분이 안 좋습니다."

그 타이밍에 꼬박 하루 줄곧 자던 도철이 나에게서 나왔다. 도철 역시 미온의 범상치 않은 노기를 감지하고 열심히 돕기 시작했다.

"나리, 무슨 일이 있었습니까? 보스 녀석 엄청 화가 났는뎁쇼."

"……이 집의 보스는 나도【마신】도 아니로구나."

그날. 내 반찬은 하나가 아니라 둘이나 줄었다.

# 5

재난 같은 수영복 대결이 있은 지 이틀 후.

드디어 미오의 기분이 풀린 데에 안도한 것도 잠시, 나에게 다음 고비가 찾아왔다.

――주인공과 【마신】의 세 번째 정상회담이 이루어지게 되었다.

지난번에는 도철의 행패로 엉망이 되어버렸지만 이번에는 나도 출석을 허락받았다. 도철도 반성하게끔 말했으니 그렇게까지 심각한 결과가 되지는 않겠지.

'그리고 장소도 류가네 집이야. 주변 시선을 신경 쓸 필요도 없어. 그렇다지만…… 히노모리 저택이란 건 설마.'

그런 내 예감은 역시 맞았다. 이번 회담에는 류가의 여동생 · 쿄카도 동석한다고 했다.

히노모리 저택에서 하니까 당연한 흐름이라 할 수 있다. 물론 나도 쿄카의 출석 자체에 불만은 없다. 다만 딱 하나 불안한 요소가 있다면―― 혼돈의 존재다.

쿄카가 참가한다는 건 다시 말해 그녀의 【마신】도 참가한다는 것.

여기서 걱정이 되는 점은 류가와 【마신】의 관계가 아니다. 오히려 【마신】 동지의 관계였다.

'그 녀석들을 만나게 해도 괜찮을까…….'

사흉이라 불리는 존재는 사이가 아주 나쁘다.

도철과 혼돈도 예외가 아니라 그들은 얼굴을 마주하면 곧바로 험악해진다. 양키처럼 "앙?", "오?" 하고 서로 위협한다.

'나랑 쿄카로 어떻게든 보조하는 수밖에 없겠지. 류가 앞이면 텟짱도 싸움은 하지 않을 테고 혼돈도 쿄카는 거스르지 못할 거야.'

그런 희망적인 관측을 품고 나는 빠르게 몸단장을 마쳤다.

"이치로 남작, 도철 남작, 다녀오쩨요."

"이치로 군, 알았어? 히노모리 류가에게 우습게 보이면 안 돼? 도철 님도 모쪼록 과도하게 좋아하는 티 내지 마시길."

현관에서 배웅해준 키키와 미온에게 도철과 함께 "응" 하고 대답하고 출발했다.

……참고로 주리는 아침 일찍부터 외출해 집에 없었다. 킹코브라형 사도는 요새 자주 어딘가에 간다. 물어보니 놀랍게도 "일할 곳을 찾고 있다"고 한다.

'가계에도 도움이 되겠지만……. '나락의 사도' 장군을 아무렇지 않게 일하게 해도 될까. 일단 술집 아가씨나 접대부만은 참아줘…….'

일단 주리의 문제는 제쳐 두고, 히노모리 저택에 도착한 나는 초인종을 눌렀다.

문을 지나 정원으로 들어가자 그곳에서 도철에게 모습을 드러내도록 허락한다. 하지만 【마신】은 나에게서 나오자마자 불만 가득한 오만상을 하고 한숨을 푹푹 쉬었다.

"하아. 모처럼 류가땅을 만나는데 혼돈 녀석이 있다니……."

"어쩔 수 없잖아. 알겠지만 혼돈을 덮치면 안 된다? 다른 의미로 류가도 덮치면 안 된다?"

도철에게 못을 박으며 저택 미닫이문을 드르륵 열자.

"어서와. 기다렸어."

이미 류가가 현관에서 대기하고 있었다.

평소라면 코스튬 플레이를 하고서 기세 좋게 나에게 안기겠지만, 당연히 오늘 류가는 달랐다. 말투도 남자 버전, 복장도 학교 남자 교복이다.

류가의 얼굴을 본 순간 과연 【마신】이 단숨에 흥분했다.

"안녕 류가땅! 초대 고마워!"

"여전히 판박이네……."

우리를 번갈아 보면서 새삼스레 류가가 그런 감상을 늘어놓았을 때.

갑자기 도철이 나와 등을 마주하고 그 자리에서 빙글빙글 돌기 시작했다. 곧 우뚝 멈추더니 다시 내 옆에 나란히 선다.

"자, 어느 쪽이 텟짱일까?"

질문을 받은 류가가 도철을 가리키고 "너야"라고 대답했다.

"역시 류가땅! 나를 알아보는구나!"

"아니, 하지만……."

그야 누구든 알지. 지금 도철의 옆머리에는 양 같은 뿔한 쌍이 솟아 있으니까.

그건 이번 회담에서 구분하기 쉽도록 한 조치다. 더욱 신경을 기울여 집에서 도철의 이마에 '마신'이라고 매직으로 써 두었다. 본인은 알아채지 못했지만.

"그럼 응접실로 들어가지. 벌써 쿄카와 혼돈도 있어."

"류가땅의 방에 가고 싶다아. 단둘이서 이야기하고 싶다아."

"너와 둘이서 만나는 건 사양하지. 기습당하는 건 이제 질렸어."

"아니야 류가땅! 그건 이계에서 우호의 표현이야!"

아무튼 발길을 돌린 류가를 도철이 허둥지둥 따라간다. 벌써 앞날이 걱정되는 형세였다.

"이치로도 이 정도로 적극적이었다면 좋으련만……."

복도를 앞서가는 류가가 불쑥 중얼거리는 소리가 들렸다.


그리고 드디어 '제3회·정상회담'이 시작되었다.

연회라도 열 법한 넓은 응접실에서 다섯 출석자가 테이블을 둘러싸고 앉는다.

툇마루를 등지고 나와 도철이. 그 반대쪽에는 쿄카와 혼돈이. 그런 양쪽을 둘러보는 형태로 류가가 대각선에 자리 잡은 배치다.

긴장한 얼굴인 내 옆에서 도철이 아니나 다를까 혼돈을

노려보고 있다.

하지만 다행히도 혼돈을 그것을 묵살하고 내내 모두에게 차를 내는 역할을 맡아서 했다. 역시 쿄카, 예의를 잘 가르쳤다. 일류【마신】브리더다.

혼돈의 태도에 무시당한 도철은 이어서 류가에게 화살을 돌렸다.

"류가땅. 나, 좀 슬픈데."

"뭐, 뭐가?"

"류가땅, 내 앞에서는 계속 남자 버전이었는걸. 요전에도, 오늘도, 나랑 만날 때는 늘 학교 교복 차림인걸."

"저기 도철. 나는 이 대화에 히노모리 가문의 당주로서, 그리고 '황룡의 계승자'로서 임하고 있는 거야. 남자가 아니면 안 돼."

류가의 지당한 의견에도 도철은 어린애처럼 칭얼거린다.

"하다못해 여학생 교복을 입지 않을래? 그것만으로 내 동기 부여가 상당히 달라지는데."

"아니, 역시【마신】앞에서 치마는……."

"그런 서먹서먹한 소리 하지 마아. 그럼 하다못해 가슴에 천이라도 풀어주십시오!"

"안 된대도."

"그럼 하다못해 텟짱이라고 불러주십시오!"

"아, 알았으니까. 그러면 이야기를 진행하게 해주는 거지?"

"불러봐! 불러봐!"

"테, 텟짱."

"이이이얏호오오오오─우!"

"나 참…… 【마신】을 별명으로 부르다니 또 아버지께 혼나겠어……."

거기서 나는 "어이, 더 이상 류가를 곤란하게 하지 마"라며 도철의 머리를 탁 때렸다.

류가는 이래 보여도 억지에 약하다. 이대로는 가슴에 천도 풀고, 치마를 입기 십상이다.

"이걸로 또 한 걸음 친밀해졌네! 류가땅이 여자애란 사실은 사신 녀석들도 모르지?"

"우……."

"동료들조차 모르는 비밀을 나는 아는 거지?"

"우우……."

완전히 기분이 좋아진 도철과 달리 류가는 살짝 침통해했다.

"역시 불성실하네……. 동료들을 속이다니."

그녀는 지금도 유키미야, 아오가사키, 엘미라에게 그 비밀을 숨기고 있다. 어쩔 수 없는 일이지만 생각 이상으로 양심의 가책을 느끼는 듯하다.

"털어놓아야 할까……. 하지만 어떤 얼굴을 할지……. 이치로랑 쿄카는 어떻게 생각해?"

……어째 흐름이 이상해졌다. 주인공의 '고민 상담회' 같아졌다.

아무튼 궤도를 수정하기 위해 나는 류가의 보조를 맡는다. 물론 쿄카도 힘을 보태주었다.

"그 건에 대해서는 털어놓는다 해도 타이밍과 상황이란 게 있잖아? 규율이니까 너무 고민할 필요 없다니까."

"그래, 언니. 다음에 아버지가 돌아오셨을 때 함께 의논해보지?"

그런 식으로 류가를 다독이고 있는데.

또 도철이 얼빠진 소리를 질렀다. 정말로 엄청 귀찮은 【마신】이다.

"어이 혼돈! 웃기지 마! 이게 무슨 알기 쉬운 더티한 짓이야!"

보아하니 도철 앞에 놓인 찻잔에만 맹물이 들어 있었다. 금붕어도 헤엄치고 있었다.

상대하지 않는 줄 알았는데 혼돈도 착실히 할 일을 하고 있었다. 이쪽 역시 귀찮은 【마신】이다.

"네놈 같은 【얼간이 마신】에게 접객용 비싼 옥로(고급 녹차 종류)를 어떻게 내겠냐. 연못물을 나눠주는 것만으로도 고마운 줄 알아."

"그게 손님을 대하는 태도냐! 창자를 뽑아서 방광으로 풍선 요요를 만들어줄까!"

"표준 이하의 비주얼을 한 놈은 우리 집에서는 손님이 아니야."

지금 엄청나게 디스당한 기분이 든다.

……아무래도 좋지만 【마신】에게도 방광은 있는 모양이다. 정말로 아무래도 좋지만.

"됐으니까 나에게도 차를 내! 그리고 와플도!"

"큰 목소리로 떠들지 마. 쿄카땅이 무서워하잖아."

혼돈은 그렇게 말하며 옆에 앉은 숙주에게 "그렇지?"라며 상냥하게 동의를 구했다.

류가땅에 쿄카땅…… 【마신】은 마음에 든 소녀에게 '땅'을 붙이는 규칙이라도 있는 걸까.

"뭐가 '그렇지?'야! 이 【로리콘 마신】이!"

그렇게 도철이 내뱉은 한마디에 처음으로 혼돈의 낯빛이 달라졌다.

두 눈동자가 순식간에 분노로 물들고 흐트러진 머리카락이 술렁이며 꿈틀거린다. 정곡이었나.

"네놈, 말해서는 안 되는 말을 했구나……! 잘 들어, 이 몸은 결단코 로리콘이 아니다! 아이에서 어른이 되어가는 미묘한 성장 단계의 소녀를 좋아할 뿐이다!"

"숙련된 롤리타 콤플렉스잖아!"

"로리콘은 키키 같은 애한테 반응하는 녀석을 말하는 거야! 이 몸은 세이프다!"

"그런 변명이 사람들에게 통용될 거라고 생각하냐!"

귀를 막고 싶어질 만한 말다툼이 이어지는 가운데.

"싸움 그만!"

류가와 쿄카가 동시에 테이블을 치며 호통을 쳤다. 미리

짠 것도 아닌데 완벽한 하모니였다.

히노모리 자매에게 질책받은 【마신】들이 마지못해 물러난다.

이미 제1부와 제2부의 최종 보스 모습이 초라해졌다. 도저히 '나락의 사도'들에게는 보일 수 없는 모습이었다.

"류가땅, 속지 마. 이놈은 아직 질리지 않았어. 그릇이 바뀌면 틀림없이 다시 인류를, 특히 어린 여자애를 위협할 게 틀림없어. 【마신】을 간단히 신용하지 마."

"그 말, 장렬한 부메랑이란 거 아냐. 네놈도 【마신】이잖아."

여전히 신랄하게 말다툼하는 도철과 혼돈을 보며 히노모리 자매가 깊은 한숨을 내쉬었다.

이번에는 그 하모니에 나도 가담했다.

6

그로부터 십 분 동안 휴식을 두고.

오로지 탈선만 반복한 회담은 다시 시작하는 형태로 재개되었다.

두 사람의 【마신】은 완전히 토라져 이따금 서로 쏘아보며 입을 다물고 있다. 이것도 일단 인류와 '나락의 사도'가 공존할 수 있는지에 대한 무척 중대한 대화였을 텐데…….
더 긴장감을 가졌으면 한다.

"그럼 새로운 마음으로 이야기를 진행하도록 하자. 도

철, 혼돈, 알았지?"

류가의 말에 도철이 "네" 하고 고개를 끄덕인다.

한편 혼돈은 여전히 기분이 좋지 않았다. 와일드하게 한쪽 무릎을 세우고 앉아서 두꺼운 팔로 자신의 거친 수염을 쓰다듬었다.

"이봐 히노모리 류가, 몇 번이나 말하게 하지 말라고. 이 몸은 쿄카땅이 그릇인 이상 인간계에는 손대지 않겠다고 말했을 텐데. 제대로 싸울 힘도 남아 있지 않으니까."

"분명히 들었어. 하지만 그걸로는 안 돼."

류가가 자세를 바로하고 혼돈을 똑바로 응시한다.

간신히 회담다운 회담이 되었다. 류가의 표정이 내가 정말 좋아하는 주인공 얼굴이 되었다.

"혼돈이 우호적으로 접하는 사람은 쿄카뿐이지? 너는 몇백 년 뒤에 또 부활했을 때도 인간계에 손을 대지 않겠다고 약속할 수 있나?"

……그 질문은 도철에게도 할 수 있는 말이다.

먼 미래. 류가가 없는 그 미래에서도, 내가 아닌 다른 누군가 그릇이더라도 과연 도철은 '무해한 텟짱'으로 있을 수 있을까?

이 시대에만 화해하는 것에는 의미가 없다.

"혼돈 씨. 저는…… 저 말고 모두와도 사이좋았으면 좋겠어요. 혼돈 씨라면 틀림없이 가능할 거라고 믿으니까."

"텟짱도 그래. 너는 이쪽 세계에 잘 순응했잖아. 일부러 인간과 다툴 일은 없대도."

각자의 숙주가 타이르니 혼돈과 도철이 동시에 팔짱을
꼈다.

한동안 침묵이 이어지자 류가가 다시 혼돈에게 말했다.
일전에 할망구라고 불려서 후려쳤던 모양이지만 지금은
철저하게 온화한 표정이다.

"그러고 보니 혼돈. 쿄카랑 함께 아침 드라마를 봤지?
재미있어?"

"응? 그럭저럭. 덕분에 8시 전에 일어나는 습관이 생겼
어."

혼돈의 무뚝뚝한 대답에 류가가 "나도 좋아해, 그 방송"
하고 활짝 웃는다.

"그런 가족드라마를 좋아한다면 그 밖에도 몇 편인가 추
천할 작품이 있어. 괜찮다면 보겠어?"

"음, 내키면."

거칠게 옥로를 들이켠 혼돈에게 미소 지으며 류가도 자
신의 찻잔을 들었다. 그러나 그녀는 차를 마시지 않고 그
대로 도철에게 내밀었다.

"마셔 도철. 이거 분발해서 주문한 옥로야. 잘 식었어."

"마, 마셔도 돼? 아싸아! 류가땅과 간접 키스다!"

환희의 소리를 지르며 도철이 찻잔에 덤벼든다. 순식간
에 옥로를 단숨에 마시더니 실로 행복해 보이는 얼굴로 정
신이 나갔다.

"어때? 맛있지?"

"맛있어······. 그리고 새콤달콤하고 애절해······. 이런 차는 처음이야."

"내가 입을 대지 않았으니 간접 키스는 아니지만."

그 말을 듣자마자 도철이 풀이 죽었다. 가지고 돌아가려던 찻잔을 주머니에서 꺼내 조용히 테이블로 되돌려놓았다.

류가가 그 모습에 "이런 이런" 하고 쓴웃음을 짓고 진지하게 두 【마신】에게 말했다.

"인간과 공존하면 더 재미있는 드라마와 맛있는 것을 만날 수 있을 거야. 어쩌면 나나 쿄카보다── 더 소중한 사람도 찾을지 몰라."

너른 응접실에 류가의 설법만이 울려퍼진다.

물론 나는 이야기에 끼어들지 않고 묵묵히 이야기를 들었다. 지금은 틀림없이 류가가 활약하는 장면이다. 누군든 방해는 허락되지 않는다.

"우리는 오늘까지 셀 수 없이 '나락의 사도'를 쓰러뜨렸어. 변명이지만 인간계를 지키기 위해 어쩔 수 없는 수단이었다. 만약 앞으로도 이 세계에 해를 끼치는 사도가 나타난다면── 나는 너희의 부하와 싸우겠어."

"············."

"단, 바꿀 수 있는 거라면 바꾸고 싶어. 그런 슬픈 관계를. 우리는 이렇게 대화할 수 있잖아. 같은 것을 재미있어

하고, 맛있다고 느낄 수 있잖아."

"…………."

"인간계가 마음에 든다면 이계로 돌아가라고 하지는 못하지. 하지만 그렇다면 인간과 공존했으면 좋겠어. 나는 그 가교가 되는 것을 히노모리 가문의 새로운 사명으로 만들고 싶다."

"이봐 히노모리 류가."

그 대목에서 혼돈이 류가를 눈을 번뜩이며 노려보았다. 야성적인 거친 수염을 문지르면서 의젓한 태도로 말을 잇는다.

"그런 꾸물꾸물 답답한 이야기는 이 몸의 성격에 안 맞아. 이렇게 되면 심플하게 가지."

"심플하게……?"

"그래. 너희가 남은 궁기와 도올을 쓰러뜨린다면 이 몸은 앞으로 영원히 인간계에서 손을 떼마—— 이러면 어떤가."

그 발언에 도철이 뜻밖이라는 듯이 동포를 바라본다.

"뭐야 혼돈, 말을 아주 잘 듣잖아."

"텟짱이여. 네놈은 진 건 이번으로 몇 번째지?"

──그건 다시 말해 부활했다가 져서 잠들었던 사실을 말하고 있다.

그들 【마신】은 오랜 옛날부터 그렇게 【황룡】과 사신과 전투를 반복했다. 거기에는 우리가 모르는 갖가지 드라마도 있었을지 모른다.

"응~, 세 번째인가? 그게 어쨌다고."

"이 몸은 벌써 네 번째다. 왕인 사흉이라는 자가 네 번이나 졌다. 어떻게 생각해."

"구려."

"죽인다. 네놈도 세 번째잖아. 힘을 휘두르는 놈이 이렇게까지 거듭 힘으로 굴복당하면…… 면목이 안 서는 법이야."

"하긴. 눈 떴을 때 매번 조금 부끄럽지."

"어때 텟짱. 슬슬 패배를 인정할 때라고—— 생각하지 않나?"

"……우리는 【절복】까지 당해버렸으니."

혼돈과 도철이 동시에 깊이 탄식한다. 어쩐지 패전 후 라커룸 같은 분위기였다.

"텟짱, 네놈 알아? 이제 사도 중에서는 평범한 인간으로 사는 놈도 있는가봐."

"흐~응. 뭐, 사람은 저마다 다르니까. 아니지, 사도는 저마다 다르니까."

"이전의 이 몸은 그런 놈에게 열이 받았지만 지금은 그런 마음이 들지 않아. 어둑하고 아무것도 없는 이계보다 확실히 이쪽이 훨씬 재미있으니까."

전부터 생각했지만 이계란 어떤 장소일까. 나락이라고 할 정도이니 음침한 동굴 같은 이미지가 있는데.

"이계의 밥은 기본적으로 맛이 없어. 오락도 '이계 일무투회(一武闘會)'나 '토마토 던지기 축제', '나락으로 퐁'밖에 없잖아."

생각보다 재미있어 보이잖아. 마지막 그건 뭐야.

그런【마신】의 대화를 들은 다음. 류가가 또 온화하게 미소 지었다.

"혼돈, 도철. 나는 힘으로 너희를 복종시킬 마음은 없어. 어디까지나 대화로 화해하고 싶어."

"감언은 집어치워, 히노모리 류가. 설령 이 몸이나 텟짱과 화해하더라도 궁기나 도올까지 똑같이 될 거라고 생각하지 말라고."

"…………."

"결국에는 쓰러뜨리고【절복】하는 수밖에 없어. 그걸 잊지 마."

응. 혼돈이 좋은 말을 했다.

나도 나머지 사흉들과의 평화적 화해를 바라지 않는다. 역시 적 캐릭터는 얼마든지 쓰러뜨려야 한다. 그렇기에 나도 제2부에서는 고생한 거다.

서로 이해하는 건 사투를 벌인 뒤가 좋다. 이 이야기는──── '히노모리 류가의 배틀 스토리'이니까.

혼돈의 충고에 류가가 힘차게 고개를 끄덕였다.

"명심하지. 물론 그렇게 간단히 서로 이해할 수 있다고 생각하지 않아. 너희 두 사람과도 아직 대화가 필요할 테고."

"애초에 우리와 네놈들은 몇천 년을 서로 목숨 걸고 싸운 사이잖아. 그 숙명을 인제 와 바꾼다는 건 어쭙잖은 일이 아니라고."

"바꾸겠어. 계승해야 할 숙명이 아니라 인류를 지킨다는 의지…… 중요한 건 '목적을 잃지 않을 것'이니까."

그렇게 말한 류가의 얼굴은 반할 정도로 늠름했다.

역시 이 녀석은 근본부터 주인공이다. 【마신】들과의 싸움을 거쳐 멘탈도 착실히 성장했다.

"응, 오늘은 뜻깊은 이야기를 할 수 있었어. 미안하지만 뒷이야기는 날을 다시 잡자."

"아, 안 돼! 벌써 끝이라고? 코스튬 플레이 쇼는 없어?!"

비명을 지르듯이 소리친 도철을 향해 류가가 "없습니다"라며 고개를 홱 돌린다. 종료 선언을 했기 때문인지 살짝 여자애 같은 모습이 나와버렸다.

"나와 이치로는 지금 중요한 용건이 있어. 월상관과 대항전이라는 질 수 없는 싸움 말이지……. 이치로, 잠시 검 연습을 함께하자."

"그건 좋지만, 연습할 필요가 있어?"

확실히 류가는 검술 초보지만 그녀의 전투력이라면 간단히 이길 거라고 생각한다. 아서왕이든 그보다 강한 키리야라는 사회인이든, 아마도 어린애처럼 다룰 수 있을 거다.

하지만 류가는 다부진 표정으로 고개를 가로젓고 천천히 일어났다.

"인간 상대 승부에 이능력을 쓸 수는 없지. 제대로 검으로 이겨야 해."

"…………."

"시오리와 엘도 시합을 위해 열심히 연습하는 모양이고. 질 수 없지."

알고 있다. 내일과 내일모레, 나는 그 두 사람의 연습에 각각 함께하기로 했기 때문이다.

그녀들도 이능력을 봉인하고 시합에 도전할 작정일까? 그렇다면 이 대항전…… 반드시 낙관적으로 볼 수는 없을지도 모르겠다.

"레이 선배와 도장 간판은 우리 모두가 지키는 거야. 열심히 하자, 이치로."

승리 포즈를 취한 류가지만 그 동작은 아무리 봐도 여자애 같았다.

'이 녀석은 최근에 자연스럽게 본성이 나와버리는군……'

상당히 한탄스러웠지만 코스튬 플레이에 휘둘리기보다는 낫다고 할 수 있다. 오늘은 남자 버전 류가와 지낼 수 있을 듯하다.

"그럼 옷을 갈아입고 올 테니 기다려."

"응."

"테니스복을 구했어!"

"코스튬 플레이잖아!"

"빨리 이치로에게 보여주고 싶었는걸. 연습에는 지장 없지?"

그 뒤. 히노모리 저택의 정원에서.

나와 류가는 죽도를 라켓 대신 끝없이 테니스공을 쳤다.

"자, 스매시 간다!"

"으, 응."

"다음 에어K 간다!"

"으, 응."

"다음, 파동구로 간다!"

"그게 뭐야?!"

볼보이인 도철이 류가의 테니스 스커트를 뚫어져라 응시하고 있었다.

# 제3장 인카운터가 멈추지 않아

1

어쨌거나 저쨌거나 세 번째 정상회담이 끝난 그 이튿날.

나는 오전 중에 학교로 가서 유키미야와 검 연습에 힘썼다. 오늘은 검도부 연습이 없다고 해서 검도장이 비어 있었다.

"에잇! 타앗!"

그럭저럭 두 시간이 지나려 했으나 유키미야는 제대로 쉬지도 않고 죽도를 계속 휘둘렀다. 오늘은 기온이 한층 높아 실내는 사우나처럼 푹푹 쪘다.

'오늘이 유키미야고 내일이 엘미라와의 연습……. 이전의 반성을 살려 일정은 조정했지만 꽤 하드한 일정이로군…….'

그런 생각을 하면서 나는 유키미야의 내려치기를 계속 받아넘겼다.

그녀의 검은 매우 무력해서 딴 생각을 하면서도 쉽게 대처할 수 있었다. 역시 유키미야도 류가와 마찬가지로 이능력으로 인한 신체 강화를 봉인하고 시합할 작정인 것 같다.

따라서 지금의 유키미야는 평범한 여고생보다 조금 나은 정도의 강함이다. 이 상태로 월상관의 실력자들을 상대하기는…… 솔직히 좀 불안하다.

"유키미야, 슬슬 잠깐 쉬자."

"아, 아뇨. 고작 이 정도로…… 저는 그렇게 약하지 않습니다."

내 제안을 각하하고 유키미야가 이를 악물고 죽도를 다시 잡는다.

……이전부터 생각했지만 이따금 남자다운 발언을 하는 건 그만두기 바란다.

그녀는 가련하고 청초한 학교의 아이돌 같은 존재다. 전교 남학생 중 다섯 명에 한 명이 반한, 왕도의 정통파 히로인이다. 캐릭터를 제대로 지켜주었으면 한다.

'이 연습도 사실은 류가가 함께해야 하는데 말이야……. 내 역할이 아니야…….'

친구 캐릭터인 내 역할은 단둘이서 연습하는 주인공과 히로인을 보고 소란을 피우는 것일 터. "어이 류가! 또 유키미야랑 좋은 시간을 보내다니!", "나도 끼워줘! 유키미야에게 손이며 발이며 허리며 엉덩이며 구석구석 지도하게 해줘!"…… 그런 느낌으로 떼를 쓰면서 결국은 물러가는 역할일 것이었다.

'그 포지션으로 돌아갈 날은 언제일까. 이제 여름방학은 무리일 테고…….'

그런 내 향수를 제쳐 두고 유키미야가 이마의 땀을 닦으면서 말했다.

"대항전 날까지 앞으로 나흘……. 시간이 별로 없습니다. 그때까지 할 수 있는 일을 해둬야죠."

"유키미야는 동료를 끔찍하게 생각하는구나."

"그, 그렇지 않아요……. 그저 저는 이번 레이 님의 고생을 조금 이해할 뿐입니다. 저도 외동딸로 자주 맞선 이야기를 받으니까요."

유키미야는 거대한 기업의 회장 따님이다. 이런 혼담은 어쩌면 아오가사키 이상으로 많을지도 모르겠다.

"그리고 저는 줄곧 레이 님께 사죄드리고 싶었습니다."

"사죄라고?"

"실례지만 아오가사키 도장의 경영 상황은 파악하고 있었습니다. 그래서 한번 레이 님께 '유키미야 그룹이 도장을 후원하겠다'고 자금 원조 이야기를 꺼낸 적이 있어요."

유키미야가 입술을 살짝 깨물었다.

"하지만 레이 님은 그 제안을 고마워하면서 고사하셨습니다. 저와의 사이에 그렇게 얽매이고 싶지 않다고요."

아무래도 히로인들도 내가 모르는 곳에서 다양하게 교류하고 있나보다.

확실히 유키미야 그룹의 자금 원조는 아오가사키 도장에게는 고마운 이야기겠지. 하지만 제안을 거절한 아오가사키의 마음도 이해되었다.

아오가사키 레이에게 유키미야 시오리는 순수하게 '동료'다. 부자이든 가난뱅이이든 그런 신분은 관계없다. 그렇기에 이번 대항전처럼 유키미야 개인의 협력이라면 흔쾌히 도움을 받는다.

"생각해보면 지금 원조는 무척 분수에 넘치는 제안이었습니다. 제 힘이 아니라 유키미야 집안의 힘이기도 하고요……. 그러니까 이번에 이렇게 부탁을 받은 것이 기뻐요. 그때의 무례를 레이 님께 조금이라도 사죄드릴 수 있다면……."

말을 마치기 직전. 유키미야가 비틀거리며 그 자리에 쓰러졌다.

나는 허둥지둥 유키미야에게 달려가 상태를 확인했다. 아무래도 가벼운 열사병인 것 같다. 역시 너무 무리했나.

"유키미야. 오늘은 그만 마치고 보건실에 가자."

"괘, 괜찮습니다. 물만 마시면……."

"안 돼. 이런 상태로 계속해도 실력은 늘지 않아. 나는 너의 '전속 어드바이저'야. 지시에 따라줘."

여기서 컨디션이 무너지면 그거야말로 대항전에 영향을 끼친다.

【백호】를 수호신으로 하는 유키미야는 치유의 이능력을 지녔다. 하지만 그 힘은 부상에만 듣는다. 열사병은 치유할 수 없다.

"유키미야에게 무슨 일이라도 생기면 세바스찬 씨께도 혼날 테니까."

나는 그렇게 말하고 웃으며 유키미야를 안아올렸다. 공주님 안기는 류가와 엘미라에 이어 세 명째다.

"……코바야시 님, 죄송합니다. 후후, 조금 이득을 본 기분입니다."

쑥스럽다는 듯이 미소로 답한 유키미야는 그야말로 공주님처럼 가련했다.

그런 이유로. 나는 유키미야를 앉은 채 그녀의 가방까지 들고 학교 건물로 향했다.

운동장에서는 여러 운동부원들이 열심히 연습하고 있다. 만약 아오가사키나 아서왕 이하 학생회가 검도부 소속이었다면 전국 우승도 가능했을 텐데…… 아깝다.

"보건실이 열려 있을까요……."

"부활동으로 오는 애들도 있을 테니까 열려 있지 않을까?"

내 대답에 유키미야가 "하지만" 하고 걱정스러운 얼굴을 했다.

"보건교사인 이지마 선생님이 1학기를 마치고 퇴직하신대요. 후임 선생님께서 오셨을지……."

그건 몰랐다. 그보다 이지마 선생이라는 이름도 처음 알았다.

'생각해보면 의욕 없는 선생님이었지. 보건실에 늘 안 계셨고.'

약간 불안해하며 보건실에 도착해 나는 문을 두드려보았다. 유키미야를 안고 있어서 옆머리로 노크한다.

……그러자 안에서 누군가 다가오는 기척이 나고 금세 문이 열렸다.

다행이다. 후임 보건 교사는 온 모양이다──고 안도한

그때.

"어머, 어서 오렴."

나타난 보건교사를 보고 나는 굳었다. 사고가 정지해버렸다.

'어…… 어라? 왜?'

거기에 있던 이는 금발에 백의를 입은 가슴이 터질 듯한 글래머 미녀였다.

함께 사는, 늘 일어나면 내 침대에 알몸으로 숨어들어와 있는, 에로 담당 킹코브라형 사도였다.

그렇다. 우리 집 객식구다. '나락의 삼 공주' 중 한 사람, 주리였다.

"어머나, 환자니? 어서 들어와. 침대 정리는 해놓았으니까."

"어이."

"안녕, 새로 온 헤비즈카야. I컵이지."

"어이!"

서슬이 시퍼런 나에게 유키미야가 당황했다. 하지만 그걸 신경 쓸 여유는 없다.

즉시 보건실로 밀고 들어가 우선 유키미야를 침대에 내려놓는다. 이어서 주리를 방 한쪽으로 데려가 작지만 맹렬하게 따져 물었다.

"왜 있는 거야! 여기서 뭐하는 거야?! 설마, 설마 일한다는 곳이……."

"고생했어요. 교장을 비롯해 여러 관계자를 세뇌해서……. 이 주리, 암시를 거는 주술이 특기이옵니다. 특히 기름지고 뚱뚱한 중년에게는 배 이상의 효력을 발휘합니다."

"알 게 뭐야! 배 이상이나 발휘하지 말라고!"

어떻게 된 거야. 이지마 선생보다 문제 있는 보건교사가 와버렸다. 주인공이 다니는 학교에 사도가 잠입해버렸다!

현기증과 두통이 함께 나타난 나에게 주리가 슬쩍 귓속말을 했다.

"이걸로 조금은 가계에 도움이 될까 합니다. 저는 삼 공주의 장녀 같은 존재……. 더부살이에 만족할 마음은 없사옵니다."

이게 무슨 쓸데없는 사명감인가. 이럴 바에야 술집 아가씨나 접대부인 편이 더 나았다.

……문득 시선을 느끼고 돌아보자 침대에 앉은 유키미야가 수상한 듯이 빠안~히 주리를 관찰했다. 얼굴이 아니라 주로 가슴을 응시하고 있었다.

'부탁이야, 눈치채지 마! 이 녀석은 사도가 아니야! 신임 헤비즈카 선생님이라고!'

필사로 기원한 내 바람도 허무하게.

얼마 있지 않아 유키미야는 눈을 사납게 뜨고 침대에서 벌떡 일어났다.

"그 열 받는 I컵……. 당신은 주리로군요!"

하다못해 사악한 기운으로 알아채줘! 가슴으로 간파하

지 말아줘!

"어머나, 벌써 들켰네? 제법 예리하구나, 절벽 소녀."

주눅도 들지 않고 지껄이면서 우아하게 팔짱을 끼는 주리. 그 양팔이 가슴을 빵빵하게 들어올리자 유키미야의 어깨가 부들부들 떨렸다. 분노…… 아니 질투인가.

"학교까지 쳐들어오다니 이 무슨 비열한……. 그 간특한 꾀를 후회하게 해드리죠!"

유키미야가 이번에도 남자다운 발언을 하더니 주머니에서 카구라스즈를 꺼낸다.

유키미야는 이 방울을 울려서 사도의 움직임을 봉인할 수 있다. 일전에 주리에게는 그다지 효과가 없었다만.

"각오해라! '축명의 무녀'의 이름으로 지금 여기서 토벌해──."

거기까지 말하고 유키미야는 힘없이 주저앉았다.

그야 그렇다. 애초에 그녀는 몸 상태가 안 좋아서 이곳에 왔기 때문이다.

"후후후. 옳지, 살기를 띠는 건 그만두려무나 절벽 소녀. 잡아먹지는 않을게."

"크윽, 잘도 뻔뻔하게……!"

"나의 주인·도철 님의 명령이 없는 한 나는 두 번 다시 멋대로 싸움을 걸 마음은 없어. 그보다."

주리가 천천히 유키미야에게 다가간다. 동시에 금색 긴 머리카락이 스멀스멀 넘실거리며 순식간에 무녀 아가씨의 팔다리에 뒤얽힌다.

"몸이 안 좋지? 얼른 누우렴."

"꺅."

구속당한 유키미야의 몸이 떠올라 그대로 침대로 털썩 던져진다.

이어서 주리는 몸을 돌리고 재빠르게 얼음주머니를 준비하더니 다시 침대로 돌아가 유키미야의 경부에 살며시 댔다. 뜻밖에도 제대로 된 처치였다.

"……어쩔 작정이죠?"

여전히 경계심을 풀지 않는 유키미야에게 킹코브라형 사도는 당연하다는 듯이 말했다.

"지금의 나는 보건교사ㆍ헤비즈카야. 그리고 당신은 이 학교 학생. 뭐가 이상하지?"

"그 전에 우리는 적일 텐데요."

"설령 적이라 해도 보건실에 온 이상은 보살필 거야. 나, 직무에는 충실하거든. 학생이 이해하려나?"

적 캐릭터가 주인공 동료 캐릭터에게 사회인의 이상적인 자세를 설명하고 있다. 초현실적인 광경이다.

하지만 어쨌든 주리에게 해칠 마음은 없는 듯하다……. 그렇게 판단한 나는 '사도가 보건교사가 되어버린 문제'를 일단 제쳐 놓고 유키미야를 다독이는 방향으로 선회하기로 했다.

"유키미야. 지금은 얌전히 따르자. 이 녀석은 도철의 부하고, 그 도철은 내 지배하에 있어. 나쁜 짓은 하지 않을 거야."

"그, 그래도."

"신경 쓸 것 없다니까. 이 녀석이 직무에 충실한 건 진짜야. 그건 나도 알고 있어. 자세히는 말할 수 없지만 넌더리 날 정도로 잘 알아."

내 말에 생긋 미소 짓는 주리. 아니, 헤비즈카 선생님.

"역시 이치로 님, 이야기가 잘 통하네요. 자, 이치로 님도 누우세요."

"아니, 나는 딱히 몸이 안 좋은 게 아니니까."

"그건 제가 판단하겠습니다. 우선 고추를 내놓으세요."

"왜냐!"

"보건실을 찾아온 남학생을 상대로 백의의 미인 교사가 할 일이라면 으레 정해져 있지 않겠습니까. 어서 고추를."

"너는 보건교사를 뭐라고 생각하는 거야! 그리고 집요하게 고추라고 말하지 마!"

"아뇨. 오늘에야말로 말씀드리겠습니다."

"의미가 바뀌었잖아!"

그런 우리의 대화를 유키미야는 새빨개져서 들었다. ……아차. 청순파 히로인 앞에서 실컷 상스러운 이야기를 하고 말았다.

이미 유키미야는 전의도 꺾이고 고개조차 들지 못하고 있다. 안절부절못하고 카구라스즈를 만지작거리며 자꾸만

두 다리를 쭈뼛거렸다.

가슴 격차도 그렇지만 생각해보면 이 두 사람은 궁합이 최악이다. 백합과 벌레잡이풀 같은 조합이다.

"그런데 절벽 소녀."

주리의 긴 머리가 다시 스멀스멀 꿈틀거렸다. 촉수처럼 뻗은 금발이 유키미야 옆에 놓여 있던 가방을 빼앗는다.

"앗, 돌려주세요."

"아까부터 신경 쓰였어. 당신, 도시락을 가져왔지? 키키 정도는 아니지만 나도 후각이 예민한 편이니까."

가방을 든 주리가 안에서 목적한 물건을 꺼낸다. 꽃무늬 도시락 가방에 든 자그마하고 귀여운 도시락통이었다.

"마침 점심이고 배가 고팠거든. 조금 맛봐도 될까."

"기다리세요. 그건 코바야시 님을 위해……."

"나한테 빚을 만들고 싶지 않지? 이걸로 없던 일로 하면 어떨까. 나는 되도록 돈을 절약하고 싶어."

……잠깐만.

유키미야의 도시락이라고? 안 된다, 위험하다.

주리는 모른다. 왕도 히로인·유키미야 시오리에게는 '요리 솜씨 없음 속성'이라는 특이점 하나가 있다는 사실을. 그만둬 헤비즈카! 그건 먹을 게 아니야! 음식물 같은 별개의 무언가다!

"어머나, 꽤 맛있어 보이잖아. 살짝 개성적인 색깔이지만."

내 마음의 외침도 허망하게 주리가 극채색 계란말이를

입에 덥석 넣는다. 그리고——.

다음 순간, 쓰러졌다. 즉효성이 한층 발전했다.

'역시 이렇게 되나…….'

눈이 뒤집혀 실신한 헤비즈카 선생님을 유키미야가 의아한 듯이 살폈다.

이내 그녀는 한 손을 볼에 대면서 이 상황에 자신 나름대로 견해를 제시했다.

"아무래도 사도는 인간과는 미각이 다른 것 같군요. 저희에게는 무척 맛있는 요리가 그녀들에게는 맛없는지도 모릅니다."

끝까지 자신의 과실을 인정하지 않는 유키미야다.

……그로부터 이십 분쯤 걸려 간신히 무녀 아가씨를 설득시킨 뒤.

자동차로 마중 온 세바스찬에게 유키미야를 맡기고 나는 주리를 엎고 집으로 돌아갔다.

"그렇게까지 말씀하신다면 주리 건은 일단 코바야시 님께 맡기겠습니다. 되도록 제발 보건교사를 그만두게 하는 방향으로……."

마지막에 그렇게 말한 유키미야에게 나는 애매하게 고개를 끄덕이는 것밖에 할 수 없었다.


2

보건실에서의 사건에서 하루가 지난 이튿날.

나는 오전 중에 집을 나와 엘미라와 합류하기 위해 공원으로 향했다. 오늘은 학교 검도장을 쓸 수 없으므로 야외에서 연습하기로 했다.

대항전까지 앞으로 사흘. 참고로 여름방학도 이제 일주일 남았다. 미온이 날마다 "숙제는 다해 가?"라고 엄마 같은 잔소리를 하고 있다.

'나리, 오늘은 어디 가십니까? 류가땅한테 갑니까?'

공원으로 가는 도중. 내 안에서 도철이 그렇게 물었다. 귀찮게도 오늘은 【마신】이 일어나 있었다.

'엘미라와 검도 연습이야. 나오지 마.'

'검도 연습? 아아, 무슨 시합이 있었죠. 아오가사키 따위 결혼이든 뭐든 하라고 하지…….'

신중하지 못한 말을 투덜거리고는 도철은 말을 걸지 않았다. 결국 또 잠든 모양이다. 이 녀석은 기본적으로 류가 외의 인간에게 흥미가 없다.

'그런 류가의 시합을 응원하기 위해 특제 응원복과 머리띠를 만들고 있었지. 설마 당일에 나랑 따로 행동할 작정인가?'

그런 불안을 느끼면서 공원에 가니.

"기다렸어요, 코바야시 이치로."

이미 도착해 있던 엘미라가 경쾌한 발걸음으로 나에게 다가왔다.

화이트 코디의 원피스와 샌들, 실로 청량감 있는 차림이다. 양산을 쓴 건 흡혈귀라 햇볕에 약하기 때문인가. 아니면 볕에 타는 걸 방지하기 위한 대책인가.

……한 가지 신경 쓰이는 점은 아무리 봐도 검을 연습하는 차림이 아닌 부분이다. 죽도를 지참한 나와 달리 엘미라의 소지품은 토트백뿐이다.

"엘미라, 죽도는…….'

"죽도 따위 필요하지 않아요. 이 엘미라 매카트니에게 단련 따위 필요 없지요."

후훙 하고 콧소리를 내며 으스대는 붉은 머리카락의 뱀파이어. 그럼 혹시 나를 불러낸 이유는…….

"걱정하지 않아도 시합에서는 화려하게 이기겠어요. 그런 것보다 쓴 부분까지 읽어주세요."

역시 그게 목적인가.

엘미라는 최근 소설을 쓰는 데 빠져 있다. 남자끼리 만났다 헤어졌다 하는, 비평하기 매우 곤란한 작품이다.

등장인물 모델이 나와 류가라는 점도 있어 나는 자주 그 소설을 읽고 감상을 요구받고 있다. 그녀에게 정기적으로 피를 내주는 '전속 도너'도 하면서.

"지난번까지 흐름은 기억하시죠? 결정적인 장면에서 끝나서 뒷부분이 궁금했을 거예요. 후후, 후후후후."

엘미라가 손을 잡아끌어 그대로 벤치에 앉았다.

코앞에 있는 모래밭에서는 어린애 몇 명이 둥그렇게 모

여 쪼그리고 앉아, 사이좋게 산에 터널을 파고 있었다.
……이런 흐뭇한 광경을 앞에 두고 저속한 소설을 읽고 싶
지 않다.

"이번 회는 세뇌당한 지로가 류야를 덮치는 긴박한 전개
예요."

"류야에게 다이빙하는 건 아니겠지……."

"이전까지 부분을 인터넷에도 올렸어요. 그랬더니 책을
만들자는 제안을 받았답니다."

"세상이 어떻게 돌아가는 거야……."

쓸쓸한 얼굴의 나를 무시하고 엘미라는 기분이 좋았다.
상당히 기뻤던 모양이다.

"하지만 유감스럽게도 거절했어요. 저는 정체를 공표할
수 없기 때문이죠."

"음, 인간이 아니니까."

생각해보며 뱀파이어도 '나락의 사도'와 만만치 않게 이
질적인 존재다.

지금까지 별로 신경 쓰지 않았지만 이 세상에는 은근히
'그런 사람들'이 존재하는 걸까? 인간이 아닌 존재가 섞여
있는 걸까?

"저기 엘미라. 인간이 아닌 존재가 많이 있어?"

"많은지 어떤지는 모르지만 듀라한이라면 아는 사람 중
에 있었어요."

있냐. 마이 넘버(일본판 주민등록번호 제도)나 인감증명은 어

떻게 된 거야.

"새삼스럽게 무슨 말씀을 하는 거예요? '나락의 사도'도 말하자면 데미휴먼……. 요컨대 인간이 아닌 종족 아닌가요? 그리고 악마도 있어요. 한때 솔로몬왕에게 봉인당한 72 기둥의 악마는 유명하죠."

미안하지만 거기까지 신경 쓸 여력이 없다. 계속 봉인당해주면 좋겠다.

"그런 것보다 코바야시 이치로. 소설에 집중하세요. 그 뒤에 피를 마시겠어요."

엘미라가 재촉해 하는 수 없이 건네받은 종이다발에 시선을 떨어뜨렸다. 프린트된 문자의 나열을 한동안 묵묵히 쫓고 있을 때.

──문득 옆에 누군가의 기척을 느꼈다. 왼쪽에 있는 엘미라와는 반대쪽인 오른쪽이다.

시선을 돌리니 내 옆에 어린 여자애 하나가 있었다. 양손이 더러운 거로 봐서 모래밭에서 놀던 애들 중 한 명이겠지. 작은 몸을 한껏 내밀고 소설을 훔쳐보고 있다.

"!"

그 순간 내 얼굴에서 핏기가 싹 가셨다.

이런 발칙한 유해도서를 어린 유치원생이 보았기 때문이 아니다. 그 어린애가── 내가 잘 아는 바가지머리 여자애였기 때문이다.

그렇다. '나락의 사도' 중 한 사람, 키키였다. 이야기를 하자마자 인간이 아닌 종족이 나타났다.

"키……!"

솔직히 예감은 있었다. 아오가사키 레이&미온, 유키미야 시오리&주리, 쓸데없이 적과의 조우가 이어졌기 때문이다. 오히려 '약속을 잘 지켰다'고 칭찬해야 할지도 모르겠다.

'그래도 이럴 때만은 기대에 부응하지 않아도 되는데……'

굳은 나를 개의치 않고 키키가 고개를 들고 엘미라를 본다. 한참 팔짱을 끼고 우~웅 하고 뭐라고 끙끙거린 뒤에 에조늑대형 사도는 천천히 작가에게 고했다.

"덜 되어쭙니다, 에미넴."

"뭐, 뭐라고요?"

입을 열자마자 지적받은 엘미라가 바로 노여워했다. 이름은 틀렸지만 어린 여자애의 정체를 깨닫기에는 충분한 한마디였던 모양이다.

"다, 당신은 설마…… 지난번의 간부 사도인가요?!"

"키키입니다. 기억해두쩨요. 이게 인간 버전입니다."

가슴을 펴고 태연히 커밍아웃하는 키키. 당당한 모습인 게 슬프다.

"역시 그 멍멍이로군요! 잘도 백주에 당당히 이런 도심에 뻔뻔스럽게……. 아니, 그런 것보다 '덜 되었다'란 어떤 의미지요?!"

엘미라가 이상한 부분을 물고 늘어진다. 자신 있는 소설에 시비가 붙은 게 상당히 뜻밖이었던 모양이다.

"한자가 너무 만쮸니다. 그리고 괴수가 쩐혀 나오지 안쮸니다."

"그런 건 나오지 않아요! 잘못된 비판은 그만두세요!"

"그래서야 독자가 안 붙쮸니다. 뭘 모릅미다. 졸작임미다."

"이 꼬맹이!"

격노한 엘미라가 내 죽도를 잡아채 일어났다.

위험을 감지한 키키가 재빠르게 벤치에서 통 하고 뛰어 네 발로 도망쳤다.

"기다려요 망할 멍멍이! '상암의 혈족'의 이름으로 처벌해주겠어요!"

죽도를 휙휙 휘두르면서 키키를 무섭게 쫓는 엘미라. 잘 보니 검 끝에서 불꽃이 나왔다.

"아뜨뜨. 에레루미는 야만임니다. 야만적인 태양임니다."

"저는 오늘처럼 사도에 화가 난 적은 없어요!"

내가 앉은 벤치를 중심으로 둘이 빙글빙글 돈다. 엘미라의 공격이 종횡무진으로 난무한다. ……의도치 않게 검 연습이 되었다.

"하지만 류야는 멋짐미다. 빙하괴수 우자란가처럼 쿨한 인간임미다."

"응? 그, 그렇고말고요. 당신, 사도 주제에 잘 아는군요."

손쉽게 기분이 좋아진 흡혈귀를 내버려 두고 키키는 그

대로 풀숲으로 도망쳐 자취를 감추었다.

다행이다. 어떻게 되려나 걱정했는데 이 정도의 소란으로 끝나서 다행이다. ……그렇게 안도한 것도 잠시.

또 새로운, 그리고 좀 변칙적인 만남이 발생했다.

"――이거 코바야시 군 아니야."

그런 목소리와 함께 한 쌍의 남녀가 이쪽으로 걸어왔다.

남자 쪽은 잊을 수가 없다. 백구십 센티미터는 될 법한, 모델처럼 상큼한 미남―― 바로 야마나시 아사오였다.

"혹시 검술 연습인가? 쓸데없는 노력이 되지 않으면 좋겠네."

부드러운 말투로 얄미운 소리를 하면서 나와 엘미라 앞에 선 아서왕.

함께 있던 여성은 아서왕에게 한 걸음 물러나 비서처럼 서 있다. 얼굴은 낯이 설지만, 입은 교복으로 오메이 고등학교 학생이란 사실은 알았다.

"그쪽은 누구지, 엘미라 매카트니 양이었나. 설마 자네도 아오가사키 도장 문하생이었어? 이거 놀랍네."

"당신이 아서왕인가요? 소문은 많이 들었어요. 레이 씨께 구혼했으면서 다른 여성과 데이트라니…… 의외로 바람둥이군요."

"하하하. 그녀는 우리 문하생이야. 미야모토 치즈루…… 학생회 부회장이며 차기 학생회장이지."

아서왕이 소개하자 미야모토가 꾸벅 인사한다.

그런가, 이 사람이 미야모토인가. 아오가사키가 말한 월상관 멤버 중 홍일점…… . 내가 존경하는 사사키와 마찬가지로 검사로서 알기 쉬운 이름을 한 아서왕의 사촌이다.

반무테 안경을 쓴, 매우 우등생다운 외견이다. 다소 접근하기 어려운 느낌이지만 상당한 미인에 스타일도 좋다.

……하지만 조금 전부터 노골적으로 적의를 드러내고 나를 노려보는 것이 마음에 걸린다. 왜지. 나를 아나.

"처음 뵙겠습니다. 2학년 E반 미야모토 치즈루입니다."

표정 하나 바꾸지 않고 미야모토가 사무적으로 이름을 말했다. 2학년 E반이라면 쿠로가메와 같은 반인가. 그 거북이, 회색곰과의 승부는 어찌 됐을까.

"이번 대항전에 나도 출전해. 코바야시, 너도 시합에 나오지? 꼭 나랑 붙었으면 좋겠어. 이 손으로 때려눕히고 싶으니까."

갑작스러운 대전 요구에 나도 모르게 멈칫한다. 역시 명백히 미움받고 있다. 그것도 엄청나게.

"어음…… 내가 어디서 널 만난 적이 있던가."

조심조심 물어보자 곧바로 미야모토가 "시치미 떼지 마!"라고 거칠게 말했다. 그 험악한 모습에 아서왕과 엘미라까지 당황했다.

"내 스리사이즈를 입수해서 히노모리 류가에게 유출한 건 알고 있어! 그 죄, 반드시 갚게 해주겠어!"

──그 말을 듣고서야 나는 이해했다.

나는 한때 친구 캐릭터의 업무로서 '학교 미소녀 리스트'를 만든 적이 있다. 키, 몸무게, 스리사이즈 등을 필사적으로 조사해 열심히 류가에게 누설하고 있었다.

　'미야모토는 내 리스트에 이름이 올라 있었구나! 그딴 거 전혀 흥미가 없어서 까맣게 잊고 있었어!'

　노골적으로 노기와 살기를 내뿜는 그녀에게 나는 횡설수설 해명했다.

　"자, 잠깐만. 그 데이터는 이미 처분했어. 아마 류가도 기억하지 못할 거야."

　"히노모리 류가 이야기는 하지 않았어! 그런 가냘픈 여자 같은 비주얼 남자애 따위!"

　"므어라고 이 자식아아아!"

　그 말에 나는 그만 소리를 지르고 말았다. 엉뚱한 분노인 건 알지만 내 주인공을 폄하하는 놈은 용서치 않는다.

　"그, 그만해요 코바야시 이치로. 아무리 생각해도 당신이 잘못했어요. 지금은 순순히 반성하세요."

　엘미라에게 비난받고 있을 때 아서왕이 "흠" 하고 팔짱을 낀다.

　"히노모리 류가인가. 확실히 미형이었지. 만약 그가 여자애라면 내 애인으로 삼아도 될 텐데…… 아까워."

　"므어라고 이 자식아아아!"

　그 말에 다시 호통을 쳤다.

　단, 그건 내가 아니었다. 소란을 듣고 잠에서 깬 도철의 격노한 호통이었다.

'바, 바보야! 너는 됐어!'

'나리, 죽여버리죠! 이 진하게 생긴 남자, 죽여버리죠!'

'됐으니까 들어가 있어! 따지고 보면 우리가 잘못한 거니까!'

'우리라니 뭡니까! 나리 혼자 잘못한 거죠!'

'【마신】과 그릇은 일심동체야!'

머릿속에서 아우성치는 우리를 내버려두고 뜻밖에도 아서왕이 겁을 먹었다. 뒷걸음질쳤다.

아무리 【마신】의 포효라도 이 정도로 겁먹다니 한심하다. 미야모토는 태연해서 더욱 한심하다.

"아, 아무튼 네가 나쁜만 아니라 치즈루와도 악연이 있는 걸 알았어. 재미있어졌군."

아서왕이 금방 마음을 가다듬고 그런 소리를 하더니 몸을 돌렸다. 그대로 공원 출구로 걸어가는 그를 미야모토도 따라간다.

"아무튼 있는 힘껏 열심히 연습해. 진검 승부인 이상 크게 다칠 수도 있으니까."

……이윽고 그들의 등이 보이지 않게 되자 나는 단숨에 힘이 쭉 빠졌다.

본의는 아니지만 이제 와서 미야모토와의 대결 플래그가 생기고 말았다. 설마 친구 캐릭터의 변태 행위가 이런 화근을 남길 줄이야…… 생각지도 못한 오산이다.

'엑스트라인 타나카랑 붙고 싶었는데…….'

통한의 전개에 의욕을 잃어가며 문득 시선을 돌리자.

풀숲에서 키키가 얼굴을 쏙 내밀었다.

아무래도 계속 숨어 있던 듯한 키키는 바가지머리에 나뭇잎을 잔뜩 붙인 채 아서왕이 사라진 방향을 빤히 쳐다보고 있었다.

어째서인지 무척 미심쩍어하는 표정이었다.


3


이튿날.

간신히 온종일 자유의 몸이 된 나는 점심 국수를 먹고 훌쩍 외출했다.

요새 잡다한 일이 많아서 혼자 안정할 수 있는 시간이 필요했다. 그러기 위해서 내가 고른 장소는 옆 동네 스스하마 역 근처 카페다.

'그러고 보니 아오가사키 선배의 뜻밖의 모습을 처음 목격한 것도 여기였지.'

그때, 이런 장소에 오지 않았다면 나는 아오가사키의 '전속 코디네이터' 따위 되지 않고 지나갔을지도 모른다. 쓸데없는 플래그가 생성되지 않았을지도 모른다.

그렇다고 과거를 한탄해도 소용없다. 월상관과 대항전은 드디어 내일모레로 다가왔다. 지금은 그쪽에 집중해야 한다.

'자 그럼. 어떻게 하면 대항전을 어떻게 더 흥을 돋울 수
있을까…….'

아이스커피를 한 손에 들고 창가 테이블을 확보한 나는
바로 궁리하기 시작했다.

'시합 형식은 토너먼트가 아니라 시합 별로 승부를 가리
는 거였지. 다시 말해 한 사람이 한 시합밖에 할 수 없다는
소리야.'

아서왕 입장에서는 당연한 제안이다. 토너먼트라면 아
오가사키가 다섯 명을 격파해버릴 것이다. 그만큼 그녀의
검술 실력은 뛰어나다.

솔직히 말해서 이 대항전은 조합이 전부라고 본다. 누가
누구와 붙을지…… 그에 따라 승부는 얼마나 볼 만할지 가
치를 결정한다고 할 수 있다.

'현재 시점에서 바람직한 대전 카드는…… 이 정도일까.'

가게 안 손님들의 이야기 소리를 BGM 삼아 나는 펼친
노트에 샤프로 끼적였다.

──먼저 유키미야와 타나카 카드.

사실은 내가 싸우고 싶지만 타나카는 가장 버려도 되는
패…… 그가 상대라면 유키미야도 괜찮은 승부를 펼칠 수
있겠지.

'유키미야가 지더라도 그건 그거대로 상관없어. 그 뒤에
만회하면 돼.'

──다음으로 나와 엘미라가 각각 미야모토&사사키와 붙는다.

아마도 내 상대는 미야모토로 예상된다. 그러나 솔직히 나는 그녀라면 압도할 수 있는 자신이 있다. 도철의 그릇이기 때문에 내 신체능력은 범인을 훨씬 능가한다.

엘미라도 어제 칼 솜씨를 보아하니 기대는 할 수 있다. 아무리 그래도 불꽃은 내뿜지 않아야겠지만.

'다만 이 시점에서 3승을 해서는 안 돼. 승부를 결정지으면 안 돼.'

──남은 건 류가와 아오가사키. 이 두 사람이 각각 아서왕&사회인인 키리야와 대전하게 된다.

여기가 클라이맥스다. 마지막 2연승으로 승부가 결정 나야 한다.

그 전까지 세 시합은 이른바 게스트 공연…… 1승 2패로 끌고 가는 형태가 최선이다.

'아서왕과 붙는 사람은 류가든 아오가사키든 상관없다. 어느 쪽이든 운명의 대결이라는 구도는 될 테니까. 음, 이번에는 아오가사키 선배에게 공을 돌려야 할까?'

바라건대 나는 세 번째 시합인 중견전을 희망하고 싶다. 승패를 조정하기 쉽기 때문이다……. 그런 플롯 짜기에 몰두하고 있을 때였다.

"──이 카페, 기억하지? 다시 같이 오고 싶었어."

귀에 익은 목소리가 내 귀에 들렸다. 놀랍게도 아오가사키의 목소리였다.

"뭐야⋯⋯. 이렇게 멀리까지 데려오고."

이어서 들린 목소리도 내가 잘 아는 목소리다. 아니, 내 목소리였다.

'아오가사키 선배랑⋯⋯ 테, 테, 텟짱?!'

점점 심장이 쿵쾅거린다. 정신을 차리고 보니 내가 쥐고 있던 샤프를 구부러뜨렸다. 어떻게 된 일이야? 왜 두 사람이 같이 있는데?!

마음을 굳히고 자연스럽게 돌아보자.

그곳에는 정말로── 아오가사키와 도철의 모습이 보였다. 팔짱까지 꼈다.

"여기라면 아는 사람도 만나지 않고 느긋하게 있을 수 있잖아? 우리의 추억의 가게이기도 하고."

"메뉴에 와플이 없잖아⋯⋯. 뭘 먹으라는 거야⋯⋯."

그런 이야기를 나누면서 두 사람이 대각선 뒤쪽 자리에 앉았다. 나는 보지 못한 것 같다.

아오가사키는 전에 보여준 블라우스와 플레어스커트를 입었다. 넥타이 대신에 스카프를 두르고 생글생글 기분 좋게 웃으며 도철과 마주 앉았다.

한편 【마신】은 노골적으로 귀찮은 듯이 얼굴을 찡그리고 한쪽 볼을 궤고 있었다. 세련된 일행과는 대조적으로 수수한 교복 차림이다. 내 비주얼이지만 심각하게 미스매치인 커플이다.

"길에서 우연히 만나다니 운이 좋았군. 그것도 네가 코디네이트 해준 이 옷을 입었을 때."

"모처럼 산책 중이었는데……. 편의점에서 군것질이라도 하려고 했는데."

──요컨대 저 【얼간이 마신】은 또 멋대로 나돌아다녔다는 얘기다. 그러다 아오가사키와 만나 미니 데이트를 하게 된 것이다.

사기를 지우니 자는 중인지 부재중인지 모르겠다……그 약점이 또다시 화가 되었다.

'정말로 그 자식은…… 맞아야 정신을 차리냐! 왜 이놈이고 저놈이고 죄다 만나버리는 거야!'

당장에라도 나가서 도철에게 크로스촙을 먹이고 싶었다.

하지만 아오가사키의 기뻐하는 얼굴을 보니 그것도 꺼려진다. 그녀로서는 중요한 대항전을 목전에 두고 마지막으로 한숨 돌리는 걸 테니까.

'어이 텟짱! 나야! 여기! 창가를 흘끔 보라고!'

어떻게든 도철과 접선하기 위해 내선통신으로 불렀다. 그러나 반응은 없다.

아무래도 통신을 끊은 것 같았다. 그런 것도 가능하냐!

안달복달하는 나를 무시하고 두 사람은 계속 대화를 나누었다.

"코바야시, 컨디션은 어때? 무리하게 연습하고 있지는 않아?"

"응? 아아, 아직 제 상태가 아니지만 활동에 지장은 없어."

"다들 연습이라면 우리 도장에서 하면 될 텐데……. 어떻게 된 건지 한 입으로 '연습 상대가 따로 있다'더군."

"나리를 말하는 건가……."

바보야! 나리 같은 소리 하지 마! 정답이야! 내가 연습 상대야! 이미 아오가사키류가 아니라 코바야시류 검사들이라고!

"하지만 나는 모두를 믿을 뿐이야. 반드시 월상관에 승리할 수 있어. 만약 진다면 나는——아사오의 아내가 될 테니까."

……역시 그렇게 되는 걸까.

아서왕은 대항전의 승패를 그대로 아오가사키의 대답이라고 해석하고 있다. 지금은 기성사실처럼 되어 부정할 수 있는 분위기가 아니었다.

지금의 말로 보아 아오가사키도 알고 있는 거겠지. 패배는 결혼을 뜻한다는 것.

"승부에는 만에 하나도 있을 수 있다. 이봐 코바야시. 만약…… 만약 대항전에서 진다면."

아오가사키가 몹시 골똘히 생각에 빠진 표정으로 또 다른 나를 응시했다.

내 등이 저절로 똑바로 펴졌다. 그녀가 말하고 있는 건 【마신】이지만 그 말은 나를 향해 있었기 때문이다.

"나를 데리고—— 도망쳐주지 않겠나."

이어서 그녀가 꺼낸 말은 당치도 않을 소리였다.

"검 승부에서 지면 도장 간판을 빼앗기는 것도 어쩔 수 없지. 하지만…… 역시 나는 사랑하지도 않는 남자를 '남편'이라고 부르는 건…… 못할 것 같다."

──여태껏 본 적 없는 다른 사람 같은 아오가사키였다.

처음으로 그녀가 보인, 한 소녀로서의 약한 모습이었다.

"솔직히 말하면 이전의 나는, 그러니까…… 류가에게 끌렸다."

얼이 빠져서 바보같이 입을 벌린 도철에게 아오가사키는 독백처럼 마음속 말을 털어놓았다.

"하지만 너에게 '진정한 나'를 들키고, 네가 받아주어서……. 내 안에서 코바야시라는 존재가 점점 커졌다."

"…………."

"나는 너하고라면 어떤 인생이든 보낼 수 있을 것 같아. 검사인 자신을 버리는 것마저 할 수 있을 것 같아. 코바야시와 둘이 어딘가 먼 곳에서 고즈넉하고 조용히 살 수 있다면……."

……위험하다. 말도 안 되는 일이 벌어졌다.

나를 내버려둔 채 직접 고백받았어! 사랑의 도피를 제안받고 있어!

'아오가사키 선배, 이토록 나에게 진심이었다니! 아니, 아마 아닐 거야……. 그녀는 흥분한 거야. 처음으로 연애 관계로 발전할 듯한 남자가 생겨서 살짝 꿈꾸는 상태인 거야!'

제정신이 아닌 나와는 대조적으로 도철은 무뚝뚝한 얼굴로 이야기를 듣고 있었다.

눈을 치켜뜨고 불안한 듯이 살피는 아오가사키를 무시하고 흥미 없다는 듯이 코를 파서 코딱지를 뭉치는 작업에 열중했다. 최악의 남자다.

"코바야시. 괜찮다면 네 마음을 들려줘. 너는 나를 어떻게 생각하고──."

아오가사키가 말을 마치기 전에.

도철이 몸을 내밀고 그녀의 이마에 코딱지를 붙였다. 전무후무한 대답이었다.

"무, 무, 무슨 짓을 하는 거야?!"

아오가사키의 외침이 내 마음의 외침과 싱크로한다. 정말로 뭔 짓이야 이 자식아! 해도 되는 일과 안 되는 일이 있잖아!

"너랑 사랑의 도피를 누가 하냐."

그리고 호쾌하게 차버렸다! 표준 이하의 얼굴 주제에 이런 미인을!

"너는 결국 동료를 믿지 않잖아. 그 근성이 마음에 안 들어."

"…………."

"류가땅은 말이지, 사도와 인간의 가교가 되고자 노력하고 있어. 그런 와중에 대항전을 위해 애쓰고 있다고. 그런데 너는 【청룡】으로서의 사명까지 내팽개치고 도망칠 작정이야?"

"그, 그건."

"사랑의 도피를 한다는 건 그런 소리야. 머리 좀 식혀."

난폭한 짓을 해놓고는 설교까지 시작한 도철. 그럭저럭 정론인 게 한층 더 열 받는다. 여기는 편집해서 커트해주면 좋겠다.

"요컨대 이기면 되잖아. 그러면 만사 해결 아닌가. 생각할 건 사랑의 도피 계획이 아니라 이기는 거야. 잘 들어, 아오가사키. 중요한 건 '목적을 잃지 않을 것'이야."

"목적을 잃지 않을 것……."

아오가사키가 얌전히 귀담아들었다. 물수건으로 이마를 닦으면서.

하지만 어느새 그 얼굴은 내가 잘 아는 늠름한 표정으로 돌아와 있었다.

"……그렇군. 모두가 나를 위해 애쓰고 있어. 나에게는 그 결과를 받아들일 의무가 있다. 동료를 배신하고 도망치는 자에게…… 행복해질 권리 따위 없다."

"그렇지."

"고맙다 코바야시. 덕분에 정신을 차렸다. 이번에야말로 정말로──후련하게 시합에 임할 수 있을 것 같다."

"오, 괜찮은 얼굴이 되었잖아. 그건 그렇고 너는 나리를 어지간히 좋아하는구나. 뭐, 그 사람은 유니크하니까."

칭찬이라고 받아두자.

지금의 설교도 정상회담에서 류가가 한 말을 그대로 표

절했지만 일단 결과가 좋으면 된 건가. 돌아가면 지붕에서 다이빙시켜줄 작정이었지만 그건 참겠다.

내가 그렇게 한숨 돌렸을 때. 이번에는 도철이 말도 안 되는 말을 했다.

"좋아, 아오가사키. 만약 이기면 뽀뽀해주마."

입에 머금은 아이스커피를 하마터면 뿜을 뻔했다.

"뭐, 뭣……!"

아오가사키의 당황하는 목소리가 또 내 마음의 소리와 싱크로했다. 저 바보! 역시 다이빙시켜주마! 그 뒤에 코딱지를 붙여주겠다!

"제, 제정신인가 코바야시! 정말로 나랑 키, 키, 키스하려는 건가!"

"바란다면 혀도 넣어주지."

"바, 바보! 나는 첫키스다! 좀 더 가볍게 해!"

아오가사키가 심각하게 평정을 잃었다. 귀까지 새빨개져서 양손으로 얼굴을 덮고 격렬하게 도리질을 한다.

융통성 없는 캐릭터에는 자극이 너무 셌나. 그보다 거절하세요! 뽀뽀 자체는 오케이 같은 액션하지 마!

"아, 알겠다. 나도 이제 고3이다. 고등학교 마지막 여름에 그런 체험을 해도 괜찮겠지."

……이리하여 나를 무시하고 내 입술이 상품이 되어버렸다. 주인공이 아니라 보잘것없는 잔챙이 캐릭터의 입술이.

테이블에 머리를 박은 채 감싸 쥐고 있는데 도철이 일어

나는 기척이 났다.

"아~, 그럼 나는 슬슬 갈게. 미안하지만 혼자 돌아가."

"그, 그런가? 또 바래다줬으면 했다만…… 네가 여자처럼 대해주는 그 시간을 나는 아주 좋아한다."

아쉬워하는 아오가사키를 개의치 않고 성큼성큼 출구로 향하는 도철. 박정한 남자. 이건 또 거들 필요가 있을 것 같다.

"아, 기다려 코바야시."

아오가사키가 갑자기 도철을 불러 세우며 의자에서 일어났다.

"마지막으로 다시 말하게 해줘── 오늘 고마웠다."

"됐어."

"약한 마음이 든 나를 일부러 떠밀더니 이어서 그런 포상을 제시하다니…… 너는 치사하군. 이제 이길 수밖에 없잖아."

"그보다도 말이야 어디서 부채를 받을 수 있는지 알아? 응원에 필요한데."

아마도 그 부채에 '류가땅 LOVE' 같은 소리를 적겠지. 말해두지만 시합 당일 자유행동을 허락할 마음은 없다.

……그대로 도철이 나가자 얼마 있지 않아 아오가사키도 돌아갔다. 창문으로 그 모습을 살피니 기분 좋게 깡충거리며 걸어갔다.

'내일이라도 아오가사키 선배를 만나러 가자. 이미 시합

전날이지만…….'

결국 도철 탓에 아오가사키와의 플래그가 강화되고 말았다. 내 친구 캐릭터로의 회귀가 또 멀리 후퇴한 것만 같다.

'아아, 사사키 씨를 만나고 싶어……. 조무래기 취급당하며 위로받고 싶어…….'

정신이 드니 나는 그런 생각을 하고 있었다.

사사키는 이제 내 마음속 오아시스가 되어가고 있었다.


4


이튿날. 월상관과의 대항전을 드디어 내일로 앞둔 한낮.

도철이 저지른 언동의 뒤처리를 하기 위해 나는 아오가사키 저택으로 향했다. 그 뜻을 사전에 메시지로 보내자 유감스럽게도 '문 앞에서 기다릴게!'라는 들뜬 답장이 왔다.

'어떻게든 키스 건만은 물러야지……. 대신에 가슴을 주물러준다거나 하면 플래그가 꺾이지 않을까…….'

——참고로 어젯밤. 나는 거실에 도철과 삼 공주를 모으고 싸잡아 설교했다. "너희는 요새 제멋대로 행동이 너무 많다"고.

"그렇지만 이치로 군, 아이를 만들어주지 않는걸."

"그렇지만 이치로 님, 고추를 내놓으시지 않는걸요."

"그렇지만 이치로 남작, 새로운 소프트 비닐인형을 사주지 않쭙니다."

"이제 한 사람! 한 사람만 더! ······크아아아──! 역전당했다아아아아──!"

그러나 결말이 나지 않아서 잔소리는 보류하기로 했다. 한신은 이걸로 수령의 6연패다.

'그런 것보다 지금은 아오가사키 선배가 중요해. 하아····· 사실은 오늘 류가와 만날 예정이었지······. 오랜만에 코스튬 플레이쇼를 하고 싶다고.'

초대를 거절했다고 삐치지는 않았을까······. 그런 걱정을 하면서 아오가사키 저택에 도착하니.

"여, 여어 코바야시. 기다렸다."

메시지대로 아오가사키가 문 앞에 서 있었다. 어제와는 다르게 교복 차림이다.

양손을 뒤로 모으고 문기둥에 기댄 채 몸을 비비 꼰다. 내 얼굴을 흘끔흘끔 보고는 쑥스러운 듯이 시선을 피한다. 정말 알기 쉬운 사람이다.

"죄송합니다 아오가사키 선배, 시합 전날인데······."

"마음 쓸 것 없어. 나야말로 이런 차림이라 미안하군. 오늘은 아버지가 계셔서 멋을 낼 수가 없어. 패션에 별로 이해가 없는 사람이라."

최근에 들은 거지만 아오가사키는 부자가정이라고 한다.

어머니는 아주 오래전에 병으로 돌아가신 듯하다. 그래서 아버지는 외동딸의 장래가 한층 걱정인 거겠지.

"아뇨, 그 모습인 건 전혀 상관없습니다. 아버님께 대찬

성이에요."

"괜찮다면 인사드릴래? 아버지도 코바야시를 만나고 싶어 하셔."

"마, 만나고 싶어 하신다고요?"

"아무래도 아사오와의 혼담 이야기를 독단으로 받아들인 것을 너에게 사과하고 싶으신 것 같아."

나한테 왜 사과를 하지?! 나를 어떻게 소개한 거야?!

"자, 잠깐만요 선배! 오늘은 그게, 차림이랑 얼굴이 이렇게 꾀죄죄하니까! 내일을 위해서도 그다지 오래 있을 생각은 없고요!"

"그, 그런가. 음, 역시 조금 성급했군. 대항전에서 코바야시의 검 실력을 보여주고 나서도 인사는 늦지 않을 테고……. 아, 그런데 코바야시."

갑자기 아오가사키가 표정을 다잡고 진지하게 묻는다.

"그 뒤로 미온은 나타나지 않았나?"

"미, 미온요?"

갑작스럽게 라이벌의 이름을 꺼낸 아오가사키 때문에 나는 내심 가슴이 철렁했다.

"아뇨, 수영장에서 헤어진 이후로 전혀……."

"그런가. 그 사도 녀석, 어디로 자취를 감춘 건지."

사실은 날마다 나타나지만, 우리 집 가사를 도맡고 있지만, 당연히 그렇게 털어놓을 수는 없는 노릇이다.

하지만 끝까지 숨길 수도 없겠지. 언젠가 기회를 봐서

"삼 공주가 집에서 지내고 있다"고 고백할 필요가 있다. 류가가 도철과 충분히 화해했을 무렵이 좋다.

"설령 나타나더라도 괜찮아요. 삼 공주는 도철의 명령으로 인간에게 위해를 끼치는 것을 금지당했으니까."

"그렇다면 됐다만. 녀석에게 한 가지 더 마음에 걸리는 점이 있다."

"뭐, 뭘까요."

"이제 와서 다시 돌이켜보면 미온은—— 코바야시에게 마음이 있었던 것 같다."

"…………."

"그렇다면 역시 우리는 싸울 운명일지도 몰라. 코바야시는 어떻게 생각하지?"

그런 소리를 한다면 아오가사키는 류가와도 싸울 운명이다.

자칫하면 거기에 유키미야와 엘미라까지 참전할 우려가 있다. 그런 얼토당토않은 서브 캐릭터 쟁탈배는 그만두기를 희망한다.

"아무튼 뒷이야기는 방에서 하자. 자, 코바야시 어서 안으로."

"——레잇!"

그때. 떨어진 곳에서 갑자기 아오가사키의 이름을 부른 이가 있었다.

잘 보니 맞은편 길에서 한 청년이 이쪽으로 걸어왔다.

폴로셔츠에 청바지라는 편안한 복장의 고등학생인 듯한 사람이다.

"카, 카즈히코."

곧 눈앞까지 온 청년을 향해 아오가사키가 멋쩍은 듯이 중얼거렸다.

카즈히코? 처음 듣는 이름인데 대체 누구지.

그 카즈히코는 어째서인지 조금 전부터 나를 열심히 노려보고 있었다. 만나자마자 노려보는 건 미야모토에 이어 두 번째다.

"아, 저기, 어디서 만났었나요……."

조심스럽게 묻는 나를 무시하고 카즈히코는 비난하듯이 아오가사키에게 따졌다.

"레이. 또 이 녀석이랑 같이 있는 건가. 어제도 데이트했지. 팔짱까지 끼고."

……그렇다는 건 이 남자도 그 카페에 있었던 건가. 이렇게 화내는 걸 보면 혹시 아오가사키의 팬인가? 아니면 스토커인가?

당황하는 나를 보고 아오가사키가 상대를 간단하게 소개했다.

"이 사람은 타나카 카즈히코다. 내일 대항전에 출전하는 월상관 멤버지."

……아아, 그 타나카로구나!

한때 아오가사키 도장에 있었다는 오래된 소꿉친구라는

그 단역 캐릭터 타나카인가! 이름까지 기억하지 못했다! 기억할 마음도 없었다!

자신을 소개했음에도 타나카는 개의치 않고 아오가사키를 강렬하게 노려보았다.

내가 상상한 대로 특징 없는 수수한 남자다. 이런 데도 여자친구가 있다니까 이쪽이야말로 노려보고 싶은 심정이었다.

"레이. 너, 제대로 단련은 하고 있어?"

느닷없이 그런 질문을 하는 타나카를 보고 아오가사키가 "어?" 하고 눈을 깜빡거렸다.

"당연하지. 왜 그런 질문을 하지."

"남자만 만나고 다니고 단련할 시간이 있어?"

아오가사키가 어떻게 반응해야 할지 난처해한다. 당연히 나도 마찬가지였다.

이 녀석은 무슨 소리를 하는 거야? 아오가사키 도장을 '환경이 좋지 않다'면서 떠난 놈이 왜 이제 와 그런 걱정을 하는 거지?

"요전에도 이 녀석이랑 수영장에 갔었지. 돌아오는 길에 손도 잡고."

"…………."

"그보다 전에는 옆 현의 패션몰에 갔었지. 저녁까지 먹었잖아."

어이 타나카! 어째서 전부 아는 거야! 무섭다고! 역시 너는 아오가사키를 좋아한 건가?! 여자 친구가 있잖아?!

"레이, 너…… 어떻게 된 거야. 왜 그렇게 된 거야."

질려버린 우리를 무시하고 꽉 쥔 두 주먹을 떠는 타나카.

"나는 인정할 수 없어. 그런 레이는 레이가 아니야. 내가 목표하고 동경하던 아오가사키 레이는…… 그런 옷을 입고 그런 표정으로 웃는 녀석이 아니었잖아!"

……드디어 이야기를 파악했다.

그러니까 타나카는 역시 아오가사키의 팬이다. 아니, 신봉자라는 편이 정확할까. 여자로서가 아니라 검사인 아오가사키 레이에게 반한 것이다.

'이전의 나와 동류인 건가……. 아오가사키 선배를 '검사'라는 기호로밖에 보지 않는 거야. 게다가 나보다 질이 나쁜 건 타나카는 육 년 이상이나 그랬단 점이지.'

타나카가 말하는 의미를 아오가사키도 깨달은 듯하다.

아오가사키는 조용히 숨을 내뱉은 다음 분노를 고스란히 드러낸 타나카에게 단호하게 말했다.

"그것도 진짜 나다. 실망했나?"

"그래 실망했어! 이 녀석은 검술의 초짜잖아! 레이의 대단함 따위 전혀 모르잖아! 왜 이런 녀석이랑……. 너는, 너는 아사오와 결혼해야 해!"

그 외침을 들은 순간 나는 흠칫 놀랐다.

'혹시 이 녀석이 아오가사키 도장을 그만둔 이유는——내 탓인가?'

타나카가 월상관으로 이적한 건 얼마 전이라고 들었다. 아마도 여름방학이 시작된 뒤일 것이다. 다시 말해…… 나와 아오가사키가 친밀해지고 자주 만나게 된 이후다.

타나카에게 나는 아오가사키에게 붙은 해충인지도 모른다.

그녀가 매진하는 '검의 길'을 방해하고 타락으로 이끄는 유혹자였을까.

"레이, 너는 검의 천재야……. 나는 그걸 누구보다 잘 알아……."

"카즈히코……."

"지금의 환경에서는 너는 못쓰게 될 거야. 도장에는 어린애뿐이고, 사범도 은퇴하려 하시지. 너는 월상관으로 오는 편이 나아. 본가의 도장 존속에 목매다 실력을 녹슬게 해서는 안 돼!"

"함부로 말하지 마세요! 타나카!"

그 순간 나는 나도 모르게 타나카에게 반론했다.

분명히 내가 아오가사키에게 어울리는 남자가 아님은 이해한다. 하지만 타나카의 주장은 너무나 제멋대로다.

아오가사키 레이는 절대로 검술만이 전부인 인간이 아니다. 그건 나를 비롯한, 타나카도 포함한 주변 인간이 일방적으로 단정지은 캐릭터일 뿐이다!

"아오가사키 선배가 언제야 하는지는 선배가 결정할 일이잖습니까! 나는 적어도 당신보다 아오가사키 선배의 여러 얼굴을 알고 있어요! 타나카!"

"존댓말인데 왜 이름을 막 부르는 거야! 너, 2학년이잖아! 나는 3학년이야!"

"상관없잖습니까! 어차피 당신은 이번 회밖에 출연하지 않으니까!"

"의미를 모르겠어!"

"아무튼 과도하게 신성시하는 건 그만두세요! 타나카!"

"그거 그만해! 나는 지금 같은 레이를 보고 싶지 않아! 그래서 이곳을 그만둔 거야!"

"그만두는 건 당신 마음이지만 앞으로도 아오가사키 도장에 수업료를 내!"

"왜 그래야 하는데! 그리고 존댓말은 어디로 간 거야!"

"분수를 아세요! 자신이 버려도 되는 패인 걸, 엑스트라임을 자각하세요!"

"존댓말이라면 무슨 말이든 해도 된다고 생각하지 마!"

뜻밖에 장단을 잘 맞추는 타나카와 말싸움이 격렬해졌다.

"……그만 됐어. 두 사람 다 그만해."

그때 아오가사키가 끼어들어 우리를 양손으로 제지했다. 이어서 나에게 등을 보이며 타나카 쪽을 돌아본다.

"카즈히코. 네가 그런 내가 싫어서 떠났다면 하는 수 없다. 하지만."

"…………."

"너의 진의를 들어서 다행이야. 우리 도장을 떠나는 이유를 말해주지 않은 것이 줄곧 마음에 걸렸으니까."

미소 짓는 아오가사키를 보며 타나카는 입술을 깨물고 고개를 떨어뜨렸다.

사실은 그만두고 싶지 않았다. 이 환경을 만든 건 아오가사키의 연습 상대가 되지 못한 자신에게도 책임이 있다⋯⋯. 그의 심중은 그런 것인가.

"그러니까 카즈히코. 나도 마음을 다해 이야기하지. 이 코바야시는 네가 생각하는 사람이 절대로 아니야. 틀림없이 내일 알 수 있을 거야."

"⋯⋯⋯⋯."

"그리고 또 한 가지. 네가 아오가사키 도장을 떠나고 벌써 한 달이 되었다. 고작 한 달, 하지만 한 달⋯⋯. 지금의 나를 네가 아는 아오가사키 레이라고 생각하지 마."

"응⋯⋯?"

그제야 고개를 든 타나카에게 아오가사키가 씩 웃는다.

"날마다 정진—— 그것이 아오가사키류이다. 나는 어제의 나에게도 질 생각은 없다."

⋯⋯역시 이 사람은 멋지다. 이런 말이 무척 잘 어울린다.

"어떤 환경이든 강해질 수 있다. 아니, 오히려 지금의 환경이기에 나는 강해질 수 있다. 내일 시합에서 그것을 증명해주지."

"⋯⋯너의 검을 보여줘."

그런 말을 남기고 그대로 타나카는 떠났다.

타나카를 오래도록 눈으로 전송한 뒤, 아오가사키는 몸

시 결연한 얼굴로 나에게 말했다.

"코바야시. 미안하지만 지금 함께 가주었으면 하는 곳이 있다."

"네. 어디죠?"

"류가의 집이다. 나는—— 류가에게 패션을 좋아하는 자신을 털어놓으려고 해."

나는 살짝 당황했지만 크게 동요하지 않았다.

아오가사키가 어떻게 할지는 아오가사키가 결정한다……. 분명히 그녀는 이전부터 그렇게 결심했을 것이다.

내일이 시합이지만 오히려 좋은 타이밍이다. 물론 나도 그녀를 파헤치는 데 최대한 협력하겠다.

"알겠습니다. 분명히 류가라면 받아들일 거예요."

"그러면 좋겠군. 만약 받아들여주지 않는다면…… 언젠가는 시오리와 엘미라, 리나에게도."

히로인들도 틀림없이 받아들일 것이다. 그러면 나와 아오가사키의 '비밀 공유'는 사라진다.

그거면 된다. 나뿐만 아니라 메인 캐릭터 모두가 그녀의 '전속 코디네이터'가 되면 된다. 현역 여고생들의 의견 쪽이 훨씬 참고가 될 것이다.

"이 용기를 준 사람은 다름 아닌 너다. 수영장에서의 수영복 대결……. 대중이 있는 가운데 그렇게까지 여러 가지를 한 것이 나를 떨치게 해주었다."

"그건 미온을 향한 대항심 아니었나요……."

"그래. 본의 아니지만 놈에게도 용기를 얻었을지도 모르겠군."

······그 길로 우리는 류가네 집으로 향했다.

만약을 대비해 메시지를 보내니 십 초 만에 알겠다는 답장이 왔다. 원래 나를 초대했었으니 어떤 의미로 타이밍이 좋았다.

——하지만 나는 여기서 크나큰 실수를 저질렀다.

돌이킬 수 없는 통한의 실책을 범하고 말았다.

나는 메시지로 류가에게 '중요한 용건이 있어. 지금 만나러 가도 돼?'라고만 물은 것이다. 아오가사키가 함께라는 사실은 전하지 않았다.

그 결과.

히노모리 저택에 도착하고 초인종으로 방문을 알리고 정원을 지나 현관문을 연 순간.

"어서 와 이치로!"

안에서 뛰쳐나온 치어걸 모습 소녀가 그 기세 그대로 나에게 안겼다.

물론 소녀는 힘주어 코스튬플레이를 한, 완벽한 여자아이 버전인—— 히노모리 류가였다.

5

무사처럼 금욕적인 여검사인 아오가사키 레이.

늘 야무지고 늠름하고 쿨하고 어른스러운 고전풍 미
녀⋯⋯. 그런 '참무의 검사'가 기겁해 주저앉는 모습을 나
는 처음 보았다.

"에헤헤, 오늘은 치어걸 류가짱이야!"

류가는 처음 몇 초, 아오가사키가 있다는 사실을 알아채
지 못했다.

짧은 치마를 팔랑이고 배꼽을 흘끔흘끔 드러내며 양손
의 폼폼이를 귀엽게 흔들었다. 중단했던 코스튬 플레이를
할 수 있다는 사실로 기분이 무척 좋아 보였다.

"있잖아, 뭔가 응원하게 해줘! 응원하게 해줘! 그렇지,
이치로가 죽도를 휘두를 때 뒤에서 분위기를 고조시켜 줄,
게──."

그제야 류가는 땅바닥에 털썩 주저앉은 아오가사키를
발견했다.

혼이 빠진 것처럼 자신을 올려다보는 아오가사키를 보
고 류가의 얼굴이 순식간에 창백해졌다. 잠시 뒤 나에게서
스스슥 떨어지더니 류가는 어흠 하고 기침을 한 번 했다.

"⋯⋯어서와. 둘이 함께라니 웬일이지. 아무튼 들어와."

늦었어! 인제 와 남자로 돌아가도 안 돼! 그 차림으로는
어쩔 도리가 없어!

'그러니까 평소에 뛰어올라 안기는 건 안 된다고 했잖아!
어째서 너는 이따금 그렇게 어리바리한 거야! 쓸데없이 장
난스러운 모습을 보이는 거야!'

아니, 류가만 나무랄 수는 없다. 이건 내 실수이기도 하다.

동반자의 존재를 제대로 전하지 않은 나도 어엿한 어리바리다.

"류, 가……."

여전히 일어나지도 못한 채 아오가사키가 갈라진 목소리를 짜냈다.

비밀을 털어놓을 생각으로 왔는데 상대방이 먼저 차원이 다른 비밀을 밝히는 바람에 아오가사키는 당혹스럽고 정신이 혼미하기 이를 데 없었다.

"류가…… 가슴이 있는 것 같다만……."

"…………."

"허벅지가 매끈매끈하고 탱글탱글한 것 같다만……."

"…………."

한참 침묵 뒤. 류가 역시 아오가사키와 마찬가지로 그 자리에 털썩 주저앉았다.

──번외편이라고 생각했던, 간단한 기분전환이라 생각했던 이번 사이드스토리.

본 이야기에 관련된 엄청 중요한 에피소드가 되어버렸다.


그 후로 몇 분이 지나고.

나와 아오가사키를 자기 방으로 안내한 류가는 각오를 굳히고 비밀을 털어놓았다. "사실은 나는 양성구유야" 같은 꼴사나운 발버둥을 치려나 했는데 그런 일은 없었다.

——히노모리 가문의 율법으로 【황룡】의 계승자는 남자로 태어나야 한다는 것.

——소꿉친구인 쿠로가메, 그리고 친구인 나는 비밀을 알고 있다는 것.

——그리고 언젠가 사명을 다하고 여자로 돌아갈 때를 위해 나를 상대로 '연인 수행'을 하고 있다는 것.

그 충격적인 사실에 당연히 아오가사키는 넋이 나갔다.

하지만 류가가 이야기를 전부 마쳤을 무렵에는 그녀는 조금이나마 침착함을 되찾고 내놓은 옥로를 마실 여유를 얻었다.

"레이 선배 미안, 지금까지 숨겨서……. 게다가 시합을 앞둔 이런 때에 고백해서……."

맥없이 풀이 죽어 무릎 꿇고 앉은 류가가 고개를 깊이 숙인다. 참고로 아직 치어걸 모습이다.

"……듣고 보니 몇 가지 짚이는 구석은 있어. 확실히 류가는 남자치고는…… 다소 여성적인 부분이 보였지……."

역시 평소에도 여자 모습이 나왔었나. 예리한 아오가사키라면 수상하게 느껴도 이상하지 않다.

"저기 레이 선배. 참고로 어떤 부분이 여자 같았는지……."

"이따금 새끼손가락을 세우거나 여자아이돌보다 남자아이돌 얘기에 관심을 보이거나."

"…………."

"제모 방법을 이상하게 잘 안다거나 엉덩이를 때리면 '꺄 앙' 하고 소리지르거나."

"…………."

생각보다 허술함이 노출되고 있었다. 류가 본인도 머리를 감싸쥐고 있다.

"류가는 혹시 그쪽 취미가 있을지도……. 시오리와 엘미라와는 자주 그런 이야기를 했지."

그만둬 히로인들. 주인공에게 무슨 의혹을 던지는 거야.

"진심으로 미안하다. 동료인데……."

다시 류가가 힘없이 사죄하자 아오가사키는 갑자기 자세를 바로하고 치어걸 소녀를 뚫어지게 관찰하기 시작했다.

"흠. 이렇게 보니 여자애로밖에 보이지 않는군."

"…………."

"코바야시는 류가가 여자라는 걸 알았을 때 어떻게 생각했지?"

갑자기 나에게 물어서 허둥지둥 대답했다.

"그, 그게요……. 그야 놀랐지만 받아들이기로 했습니다. 류가는 류가니까. 오히려 남자로서 살아야 한다니 좀 가여웠어요."

사실은 죽을 만큼 우울했지만 거짓말을 섞어두었다.

이렇게 된 이상은 아오가사키도 이해하기를 바란다. 류가는 줄곧 고민했으니까. 동료에게 불성실한 것이 아닌가. 털어놓아야 하지 않은가.

"이 녀석이 남자든 여자든 나하고는 관계없어요. 나는——— 류가의 '친구'이니까요. 아니, '절친'이니까요."

"이치로……."

류가가 눈동자에 눈물을 글썽이며 나를 본다.

감동하는 건 좋지만 꼭 끌어안는 건 그만두지? 나는 '친구', '절친'이라고 자연스럽게 강조했다고? 중요한 부분이라 두 번 했다고?

"……그렇군. 나도 코바야시와 같은 의견이다."

아오가사키는 그렇게 말하고 천천히 일어났다. 그대로 류가 앞에 가더니 그녀의 어깨에 상냥하게 손을 툭 얹는다.

"설령 너의 성별이 어느 쪽이든 그런 건 대단한 문제가 아니야. 여태껏 함께 싸워온 나날이, 지내온 시간이, 거짓말이 되는 건 아니잖아."

"레이, 선배……."

"그러니까 류가, 사과하지 마. 나는 앞으로도 변함없이 너의 검으로 있겠다. 【청룡】의 계승자로서, 동료로서, 같은 여성으로서."

……역시 아오가사키는 여기서도 멋졌다. 역시 상급생, 역시 류가 진영 넘버2이자 사신 히로인들의 핵심이다.

'이걸로 쿠로가메에 이어 아오가사키도 메인 히로인에서 탈락인가…….'

어쩌면 아오가사키가 이리도 쉽게 '여자인 히노모리 류가'를 받아들일 수 있었던 원인에 나와의 관계도 영향을 끼쳤는지 모르겠다.

신경 쓰이는 이성의 대상이 마침 류가에게서 나로 바뀐 보람이 있었을까…….  그렇다면 내 고생도 값어치가 있다. 뜻밖에도 류가에게 도움이 되었다.

"류가. 그 치어걸 모습 잘 어울린다."

"고, 고마워. 레이 선배……."

아오가사키에게 칭찬받은 류가는 부끄러운 듯이 머리를 긁적였다.

"코스튬 플레이가 취미라는 건 이것 말고도 의상을 가지고 있는 건가?"

"응. 간호사나 메이드나, 이것저것……."

"사실은 나도 패션을 아주 좋아해. 옷은 물론이고 액세서리, 화장품, 미용에도 흥미가 많다. 그리고 귀여운 인형이랑 서양 음악도 좋아한다."

"레, 레이 선배가?"

어리둥절한 류가에게 아오가사키도 역시 부끄러운 듯이 머리를 긁적였다.

그렇다. 잊고 있었지만 애초에 아오가사키는 자신의 비밀을 고백하기 위해 이곳에 왔다. 류가에게 '진정한 자신'을 알리기 위해서.

"류가만큼 심각한 비밀은 아니지만 나도 좀처럼 말을 꺼낼 수 없어서…….  모처럼 옷과 장신구를 사도 여기저기 말하지 못하고 있지. 코바야시에게는 우연히 들켜버렸지만 말이다."

"그, 그랬구나."

또 류가가 나를 보기에 나는 속사포로 변명을 떠들었다.

"아니, 정말로 우연이었어. 하지만 말할 수는 없잖아? 비밀에 크고 작고는 없으니까. 나는 그런 부분에서는 진지한 캐릭터로 남고 싶어."

"딱히 화내지 않는대도. 물론 이해해."

다행히도 이해를 나타내준 류가에게 아오가사키가 다시 물었다.

"류가. 아오가사키 레이에게는 이런 일면도 있다. 꾸미기를 정말 좋아하는, 남들보다 훨씬 유행을 신경 쓰는 패피 같은 모습. 이런 '참무의 검사'를── 실망했나?"

"설마. 레이 선배가 멋쟁이인 건 알고 있었고……. 그런 걸로 실망하거나 하지 않아."

생각대로 류가는 거부 따위 하지 않았다. 있는 그대로의 아오가사키 레이를 당연하게 받아들였다.

이런 부분이 "그래 실망했어!"라고 말한 타나카와의 격차다. 주인공과 그저 지나가는 캐릭터의 도량 차이라 할 수 있다.

"고맙다…… 류가."

"감사 인사는 필요 없어. 그럼 혹시 레이 선배도 집에서 몰래 그런 옷을 입고 즐거워하기도 해?"

"그래. 요컨대 우리는 닮은꼴이었구나."

그런 말을 주고받은 뒤 마침내 두 사람은 키득키득 웃었다.

아무래도 서로 크게 공감한 모양이다. 확실히 이 두 사람은 취향은 다르지만 하는 행동은 거의 똑같다. 둘 다 패션쇼를 아주 좋아하는 인간이다.

"단 류가의 비밀은 히노모리 가문의 규범에 관한 것이다. 시오리와 엘미라에게도 털어놓을지는 너의 의사에 맡기겠다. 나는 말하지 않을 테니 안심해."

"물론 나…… 저도 안 말해요. 레이 선배가 자신의 비밀을 털어놓을지 말지는 선배가 결정할 일이니까."

"응, 그렇지……. 그런데 류가, 흔치 않은 기회니 다른 옷도 보여주지 않겠어?"

"응? 하, 하지만."

"귀여운 류가를 좀 더 보고 싶어. 나도 참고할 수 있을지도 모르니까."

"으, 응, 알겠어. 그럼 나도 다음에 귀여운 레이 선배를 보고 싶어."

"실망하지 않기다?"

"안 해. 어떤 레이 선배든 레이 선배인 건 변하지 않으니까."

……이리하여 류가와 아오가사키의 플래그는 꺾였다. 나와의 플래그보다 먼저.

그러나 다른 의미로 오히려 친밀해지고 말았다. 서로의 비밀을 깊이 안 것으로 유대를 더욱 강화했던 모양이다.

'앞으로의 스토리에 지장이 생기지는 않겠지…….'

약간의 불안은 남았지만 두 사람이 즐겁게 옷 이야기로 꽃을 피우는 모습을 보니 역시 이걸로 좋았다 싶다. 문제가 발생했을 때는 내가 거들면 된다.

"류가. 혹시 괜찮으면 조만간 쇼핑하러 가지 않을래?"

"응! 갈래, 갈래!"

"화장 도구는 가지고 있어? 혹시 있다면 지금 너에게 화장해줘도 될까."

"으응? 부, 부끄럽네. 아무튼 옷을 갈아입고 올 테니 잠깐 기다려! 먼저 차이나 드레스가 좋을까? 아니면 수영복? 차라리 바니걸로……."

"나도 돕지. 류가의 몸매를 체크해줄게."

"아이참, 뭐야 레이 선배. 그렇지, 오늘 자고 가!"

"음. 이제 여자끼리니까."

너희 까맣게 잊고 있는지도 모르겠지만…… 내일은 월상관과 대항전이라니까?


6


그리고 드디어 대항전 당일이 찾아왔다.

오전 10시에 이미 준비를 마친 나는 이르지만 대회장으로 가기로 했다.

시합 개시 시각은 정오, 장소는 도보 삼십 분 정도면 도착하는 월상관 본부 도장……. 모두와는 현지 집합할 예정이다. 호구는 그쪽에서 빌려준다고 해서 가지고 가는 물건은 죽도와 도복 정도다.

'자, 내 플롯대로 전개된다면 좋겠는데.'

이쪽의 승리라는 결과는 당연히 흔들림 없다. 문제는 그 것을 전제로 어디까지 손에 땀을 쥐는 내용이 만들어질까……. 이번 메인인 아오가사키를 얼마나 빛나게 할지가 중요하다.

'아오가사키 선배, 컨디션은 괜찮을까. 어제는 상당히 늦게까지 류가의 코스튬 플레이에 어울린 것 같은데.'

나는 도중에 돌아갔지만 아오가사키는 결국 히노모리 집에서 잤다고 한다. 오늘 아침에 받은 메시지에는 함께 저녁을 만들고, 같이 목욕탕에 들어가고, 자신도 몇 가지 코스튬 플레이를 했다고 한다.

딱 한 가지 우려한 부분은 두 사람이 '코바야시 이치로를 향한 마음'을 서로에게 털어놓는 것이었지만……. 다행히도 그런 화제는 꺼내지 않은 모양이다.

그런 연애 얘기를 했다가는 모처럼 깊어진 유대에 금이 갔을지도 모르므로 진짜로 다행이었다.

……앞으로의 아오가사키 레이는 아마도 지금까지 이상으로 공사에 걸쳐 히노모리 류가를 지탱해줄 것이다.

그만큼 나라는 존재의 중요도가 그녀들 안에서 낮아진다면…… 그건 '친구 캐릭터'로 돌아갈 수 있는 발판이 되겠지. 지금은 그것을 간절히 바라며 현관에서 신발을 벗었다.

"이치로 군, 힘내. 인간 따위에게 지면 안 돼."

"만약 다치시더라도 이 헤비즈카가 있사오니 안심하셔요."

"닥치는 대로 마구마구 때려줍니다. 빠샤빠샤입니다."

삼 공주의 응원을 받으며 나는 만반의 준비를 하고 집을 나왔다.

그녀들에게는 미안하지만 응원에 오는 건 금지했다. 대회장에서 류가 일행과 맞닥뜨린다면 귀찮아질 테니까.

하지만 아무래도 삼 공주는 처음부터 그럴 마음은 없었던 듯하다. 잘 모르겠지만 세 사람이 함께 볼일이 있다고한다. 자세한 건 가르쳐주지 않았다만.

'아무튼 지금은 대항전에 전념해야지. 간다, 텟짱! 하지만 나오지 마!'

'하아…… 객석에서 류가땅을 응원하고 싶었는데…….'

'내가 두 사람이면 이상하잖아!'

'이제 그만 쌍둥이 설정으로 합죠오.'

'안 돼! 아오가사키와의 건으로 너는 한동안 근신 처분이야!'

도철과 그런 대화를 하면서 드디어 결전의 땅 월상관 본부로 향했다.

그러나…… 그때 나는 아직 알지 못했다.

이 대항전에 생각지도 못한 파란이 기다리고 있었음을.

열심히 '이상적인 전개'를 생각한 내 노력 따위—— 전부헛수고였던 것을.

회장에 도착해 대기실로 향한바. 이미 류가와 아오가사키가 와 있었다.

각자 스트레칭 등을 하면서 두 사람은 화기애애하게 잡담에 열을 올렸다. 1박 2일을 함께하고 더욱 사이가 좋아진 모양이다.

"아, 이치로. 안녕."

"코바야시, 오늘은 잘 부탁한다. 다치지 마."

"괜찮아요, 시뮬레이션은 만전입니다."

두 명에게 고개를 끄덕이고, 나도 적당히 유연체조를 해둔다.

역시 천하의 월상관. 대기실은 상당히 넓고 라커와 벤치도 새것이다. 천장 한쪽에는 거대한 텔레비전까지 설치되어 있었다.

"코바야시. 일단 이걸 봐둬. 월상관의 오더다."

아오가사키가 그렇게 말하고 나에게 종이 한 장을 건네주었다.

그곳에는 상대 다섯 명 이름이 출전 순서대로 적혀 있다. 타나카, 미야모토, 사사키, 키리야, 그리고 아서왕 순서였다.

'먼저 대전 상대를 안 건 행운이군. 그렇게 되면 이쪽 오더는……'

선봉전——유키미야 시오리VS타나카 카즈히코.

차봉전——엘미라 매카트니VS미야모토 치즈루.

중견전——코바야시 이치로VS사사키 요스케.

부장전——히노모리 류가VS키리타니.

대장전——아오가사키 레이VS야마나시 아사오.

……이렇게 가나.

본디 같으면 나는 미야모토와 맞서는 것이 도리겠지만 승패를 조정하기 위해서도 중견전을 희망하고 싶다.

그녀와의 대전 플래그 따위 알 바 아니다. 이 대항전은 마지막 두 시합을 뜨겁게 만드는 것이야말로 중요하다. 조역 동지의 사소한 전투 따위에 누가 흥미가 있을까.

"그건 그렇고…… 시오리랑 엘이 늦네."

얼마나 지났을 무렵인가. 문득 류가가 벽시계를 올려다보고 그렇게 중얼거렸다.

이러니저러니 쉬는 사이에 어느덧 시각은 11시 반이 되어갔다. 시합 개시까지 이제 삼십 분밖에 남지 않았다.

"대회장 장소를 모를 리는 없을 텐데……. 시오리와 엘미라에게도 만약을 위해 지도는 보냈으니까."

아오가사키가 팔짱을 끼며 자신의 턱을 만진다.

오늘은 객석에 문하생인 아이들도 이미 달려온 모양이다. 아이들도 잘 찾아왔으니 그 두 사람이 미아가 되었다고 생각하기는 어렵다.

"전화해볼까. 지금 어디쯤 있는지만이라도——."

류가가 휴대전화를 든 순간.

타이밍을 노린 것처럼 휴대전화 벨 소리가 울렸다.

얼굴은 마주 본 세 사람. 나와 마찬가지로 아마도 그녀들도 불길한 예감을 느꼈을 것이다.

"시오리야."

휴대전화 화면을 확인하고 류가가 우리에게 말했다. 그녀는 곧바로 통화버튼을 누르고 전화기를 귀에 댔다.

"여보세요, 시오리?"

"히노모리 군! 대회장에 있습니까!"

류가의 목소리를 가로막고 유키미야의 박력 넘치는 외침이 들렸다. 류가가 스피커폰으로 해준 덕에 우리에게도 그 목소리가 잘 들렸다.

"그래. 이미 대회장에 있어. 무슨 일이 생겼어?"

"사도입니다! 그쪽으로 가는 도중에 사도 집단이 나타나서……."

"사도 집단?"

생각지도 못한 보고에 우리는 낯빛이 달라졌다. 사도라고? 그것도 집단이라고? 어째서 '나락의 사도'가 이 타이밍에 단체로 나타나지?!

"시오리, 그 녀석들은 '나락의 삼 공주'인가? 또 놈들의 기습을 받은 건가?!"

"아뇨, 삼 공주가 아닙니다! 간부급이 아닌 것 같습니다!"

유키미야의 응답에 나는 남몰래 안도했다.

삼 공주가 오늘 다 함께 볼일이 있다고 한 터라 '설마' 하고 전율했지만……. 아무래도 틀린 듯하다. 아니, 안도할 때가 아니다만.

"마침 엘미라 님과 함께 있었고, 하나하나는 그다지 버거운 적은 아닙니다. 하지만 열 이상 있어서 다소 시간이 걸릴 우려가……."

"당장 갈게! 장소는 어디지!"

류가가 고함치듯이 물은 그때.

이번에는 내 휴대전화 벨이 울렸다. 확인해보니 엘미라였다.

"여보세요, 코바야시 이치로! 류가와 함께 있지요?!"

내가 입을 열기도 전에 먼저 실내에 엘미라의 목소리가 울렸다. 류가를 따라 나도 스피커폰으로 해두었다.

"그래. 이미 류가와 아오가사키와 함께야. 엘미라, 장소는 어디야!"

"잘 들어요, 코바야시 이치로! 사도들은 나와 시오리가 어떻게든 하겠어요!"

"뭐?"

"오늘은 저희에게 중요한 승부가 있지 않나요! 이곳은 이전에 도철과 싸운 하천부지……. 지금 당신들이 가세하러 오면 시합 시간까지 돌아올 수 없어요!"

"아니, 하지만……. 급한 용무가 있으니 시작 시각을 조금 늦추면."

"당신, 레이 씨에게 수치를 줄 생각인가요?! 승부에 중단을 요구하다니 아오가사키류의 불명예예요! 숫자가 많다고는 해도 정말로 잔챙이들일 뿐이에요!"

그런 이야기를 하는 사이에도 전화 너머에서 전투 기척이 전해진다.

아마도 허세도 과신도 아니라 두 사람이 대응할 수 있는 상황인 거겠지. 상대가 사도인 이상, 이능력을 봉인할 필요도 없다. 단 문제는…… 적이 많은 점이다.

"저랑 시오리를 믿으세요! 반드시 사도를 섬멸해보겠어요!"

"그리고 반드시 달려가겠습니다! 그러니까 히노모리 군은 되도록 시합을 끌어주세요! 저희가 갈 때까지!"

스피커를 통해 엘미라와 유키미야의 목소리가 대기실에 오갔다.

"아니면 얼른 3연승 해서 승부를 지으세요!"

"큭, 슬슬 포위당할 것 같습니다……. 그럼 서로의 무운을 빕니다!"

거기서 통화는 동시에 끊겼다. 그 뒤 정숙과 우두커니 선 우리만이 남겨졌다.

……이게 무슨 일이람. 시합 개시를 눈앞에 두고 계획이 크게 틀어지고 말았다.

설령 유키미야와 엘미라가 대회장으로 달려온다 하더라도 아마도 제때 올 수 있는 건 후반…… 자칫하면 클라이맥스인 부장전과 대장전이 되고 만다.

그러면 아무리 생각해도 대항전 분위기는 고조되지 않는다. 그렇다면 차라리 3연승 해서 단숨에 끝내버릴까? 안 된다. 흥이 완전히 깨질 거다.

'가세는 필요 없다고 했지만 사도의 출현을 내버려 둘 수는 없어. 제길…… 어째서 내가 세운 플롯은 늘 항상 파탄 나버리는 거야!'

……아니, 침착해 코바야시 이치로. 트러블은 매번 있는 일이잖아.

최악의 경우에는 익숙해졌다. 생각해. 이 상황에서 최선의 대처법을—— 지금 당장 5초 안에 생각해!

'…………좀 불안하긴 하지만 이 수밖에 없나.'

팔 초가 걸렸지만 나는 대처법을 짜냈다.

이거라면 아오가사키에게 공을 돌리면서 유키미야를 도울 수 있을지도 모른다. 단 류가에게, 주인공에게 큰 부담을 지우게 되지만…….

"——이치로, 레이 선배. 들어줘."

내 제안을 기다리지 않고 류가가 입을 열었다. 주인공은 주인공대로 대책을 생각한 모양이다.

"선봉전에는 내가 나간다. 타나카와는 내가 싸우겠어."

완전히 남자 말투가 된 류가가 첫 번째 순서로 나섰다. 신기하게도 내 안과 일치했다.

"타나카를 바로 처리하고 당장 시오리와 엘을 도우러 간다. 그 뒤 서둘러 두 사람을 이쪽으로 데려온다."

나도 그게 상책이라고 생각한다. 류가의 압도적인 전투력으로 사도들을 신속하게 격퇴하고 두 사람을 중견전과 부장전에 늦지 않게 하는 거다. 어떻게든 대장전 전에 오게 한다.

"그러면 차봉전은 나로군."

류가에 이어 내가 손을 들었다.

내 역할은 시합을 오래 끄는 것. 유키미야와 엘미라가 도착할 때까지 오로지 시간을 버는 것.

어떻게든 아오가사키는 대장전에서 아서왕과 싸워야 한다. 만에 하나의 때에는 비장의 카드를 꺼내는 것도 생각했지만 지금은 잠자코 있기로 했다. 되도록 쓰고 싶지 않은 비장의 카드이니까.

"자, 잠깐만 두 사람 다. 대장전에 나갈 사람이 가세하러 가는 건 어떨까? 그러면 출전하기 전에 돌아오는 게——."

"아뇨. 하천부지의 전황을 자세히 알지 못하는 이상 시합을 끝낸 자가 가야 합니다. 그리고 그 인선은 전투력으로 생각해도 류가가 최선이에요."

"응, 그렇지……. 역시 나도 그게 좋을 것 같아."

나와 류가의 제안에 아직 아오가사키는 "하지만" 하고 주저했다.

"부디 오늘 아오가사키 선배는 시합에만, 아서왕과의 대장전에만 집중하세요. 잡일은 나랑 류가가 할 테니 듬직하게 버티세요!"

"코바야시……."

"언젠가 다시 누가 이야기의 메인이 되었을 때…… 그때는 백업 역할을 부탁드립니다!"

의미를 이해하지 못하고 고개를 갸웃하는 아오가사키를 내버려두고 나는 시계를 올려다보았다.

슬슬 대회장으로 가야 할 시간이었다.

# 제4장 파란만장한 대항전

1

통로를 지나 시합 대회장으로 나가보니 그곳은 예상보다 더 넓은 공간이었다.

학교 체육관과 그다지 다르지 않은 면적이겠지만 사방을 둘러싼 2층석의 크기가 완전히 다르다. 듣기로는 이천 명 이상을 수용할 수 있다고 한다.

게다가 그 2층석에는 이 또한 예상 이상의 관객이 가득했다. 아무리 그래도 만석은 아니지만 절반 정도는 찼을까.

'대회도 아닌 시합에 이렇게까지 사람이 모이다니……. 다시 말해 이 사람들 모두 월상관 문하생이란 얘기로구나.'

하지만 한쪽에는 초등학생임 직한 집단 모습도 보였다. 다들 도복을 입었고 그들만이 유일하게 우리에게 성원을 보냈다.

말할 것도 없이 이 아이들은 아오가사키 도장의 문하생…… 아오가사키의 제자들이다.

"레이 선생님, 화이팅!"

"꼭 이겨요!"

"레이 선생님이 질 리가 없지!"

"이치로—! 힘내 이치로——!"

……그중에 딱 한 사람만 열심히 나를 응원하는 아이가 있다. 그것도 경칭 없이.

확실히 그 아이는 코바야시 케이타라는 초등학교 2학년 남자애다. 이전에 아오가사키 도장 연습에 함께했을 때, 성이 같다는 이유로 나를 따랐다. 역시 코바야시 성, 어디에나 있군.

'같은 코바야시니까 이름으로 부르는 건 이해하지만……하다못해 "형"을 붙이라고.'

그런 생각을 하는데 심판이 "양측, 정렬"이라고 경기장 한가운데에서 손을 들었다.

소집에 따라 나아가 병렬로 나란히 선 나와 류가와 아오가사키.

앞쪽에는 마찬가지로 월상관의 다섯 명도 나란히 섰다.

……그렇군, 이렇게 보면 전원 상당히 강한 걸 알 수 있다. 내가 키워온 캐릭터를 관찰하는 눈이 그렇게 말하고 있다.

'뭐, 그건 됐다 치고.'

조금 전부터 미야모토와 타나카가 노골적으로 나를 노려본다. 그런데 사사키만은 이쪽으로 눈길도 주지 않는다.

차가운 사람이다. 하지만 그런 점도 멋지다.

"아니, 세 사람뿐이니? 나머지 멤버는 어떻게 된 거지."

아서왕의 말에 아오가사키가 쌀쌀맞게 대답했다.

"이유가 있어 조금 늦게 도착할 예정이다. 출전하기 전에는 올 테니까 신경 쓰지 말고 시합을 시작해."

"아마 유키미야 양과 엘미라 양이었나? 만약 제때 못 온다면 자유롭게 다른 사람을 세워도 괜찮아. 이쪽도 시합 상황에 따라서는 순서를 변경할 수도 있어."

여전히 여유작작한 아서왕을 곁눈질하고 우리는 인사를 마치고 자기 진영으로 돌아왔다.

——자, 드디어 시작이다.

예측 불가한 사태가 닥쳤지만 일단 하는 수밖에 없다. 이게 나의, 아마도 여름방학 최후의 대임…… 서브 캐릭터·코바야시 이치로의 실력을 펼칠 장소다.

"선봉, 앞으로!"

심판 목소리에 응해 류가가 일어났다. 면 안쪽에 흘끔 보이는 강한 눈빛은 물론 남자 버전——내가 정말 좋아하는 주인공·히노모리 류가의 눈빛이었다.

"그럼 다녀오지."

"그래, 부탁한다 류가."

"류가. 카즈히코도 전국 대회에 나갈 실력이다. 그리고 적어도 아오가사키 도장에서 6년에 걸쳐 수련한 검사다. 조심해."

"알아, 레이 선배. 나는…… 타나카와 붙는 게 다행일지도 몰라. 그에게 할 말이 있거든."

그런 말을 남기고 류가는 경기장으로 걸어갔다.

……지금 말하는 걸로 보아 류가도 들었겠지. 타나카가

아오가사키 도장을 떠난 이유를.

"시작!"

심판의 신호와 함께 타나카가 돌연 바닥을 찼다.

순식간에 엄청난 공격 폭풍이 류가에게 쏟아진다. 생각 이상으로 빠르고 예리했다.

하지만—— 류가는 매우 손쉽게 공격을 피했다. 낭비 없는 최소한의 움직임만으로 타나카의 검을 모조리 응수했다.

"대, 대단하다! 역시 류가야!"

그 광경에 나는 놀라서 감탄하며 외쳤다.

물론 그건 친구 캐릭터로서의 임무이기 때문이지만 완전히 연극인 것도 아니었다. 이런 멋있는 류가를 보면 나는 멋대로 흥분한다.

"큭, 이 녀석……!"

타나카가 동요하는 게 뚜렷이 보였다. 아마도 그는 이미 깨달았을 것이다.

이 상대는—— 격이 다르다. 강함의 차원이, 오라가, 스타성이 다르다.

"타나카 씨. 야마나시 아사오와 결혼해서…… 정말로 레이 선배가 행복해질 수 있다고 생각합니까."

굴하지 않고 죽도를 휘두르는 타나카에게 류가가 조용히 물었다.

"아오가사키 도장에 있으면 행복하다는 거야! 월상관이라면 레이는 검술에 전념할 수 있어……. 그게 그 녀석을 위해서야! 지금의 미적지근한 환경은 안 돼!"

"레이 선배는 당신에게 말했을 겁니다. 지금의 환경이기에 강해질 수 있다고."

"그딴 말은 허세야!"

"레이 선배는 당신이 상상도 못할 가혹한 전투에 몸을 두고 있어. 자세히 말할 수는 없지만 그곳은 그야말로 생사를 건 전쟁터입니다."

"그게 뭐야!"

"소꿉친구인 타나카 씨나 따라주는 아이들…… 그런 소중한 사람을 지키기 위해 레이 선배는 강해질 수 있는 겁니다. 생각이, 마음이, 휘두르는 검에 깃드는 겁니다."

"우, 웃기지 마!"

"아오가사키류는 무엇보다 '마음'을 중시한다── 당신이 모를 리가 없어!"

다음 순간. 류가가 내찌른 섬광이 타나카의 죽도를 날렸다.

그와 거의 동시에 타나카의 면을 호되게 때렸다……. 단 한 번의 반격으로 승부는 결정 나고 말았다.

원을 그리며 떨어진 타나카의 죽도가 떨어진 곳에 쿵 하고 나뒹군다. 몇 초의 공백을 두고 허둥지둥 심판이 시합 종료를 선언했다.

"머, 머리! 승자, 아오가사키 도장!"

놀라움으로 굳어버린 장내, 그리고 타나카를 개의치 않고 류가가 곧바로 발길을 돌린다.

돌아온 류가는 재빨리 호구를 벗고 늠름한 표정으로 우리에게 말했다.

"그럼 시오리와 엘한테 갈게. 되도록 빨리 돌아올 테니까 그때까지 잘 부탁해."

……그런 이유로 류가는 눈 깜짝할 사이에 승리하고 눈 깜짝할 사이에 달려가버렸다.

정말로 이 녀석은 왜 이렇게 멋있는 거야. 왜 여자인 거야. 네가 남자라면 아오가사키는 지금쯤 흠뻑 반했을 텐데.

월상관 진영에 시선을 돌려보니 과연 그들도 모두 말문이 막힌 표정이었다.

"뭐, 뭐야 이 자식……. 괴물이냐……."

겁먹은 사사키의 떨리는 목소리가 들린다.

역시 내가 눈독들인 사사키, 리액션도 일류다……. 그런 칭찬을 은밀히 보냈을 때.

"차봉, 앞으로!"

뜸을 들이지 않은 심판의 부름에 내가 일어났다.

예기치 않게 나는 결국 미야모토 치즈루와 대전하게 되었다. 음, 플래그도 생겼었고 바라던 상대라고 치자.

"앗, 이치로다! 파이팅 이치로─!"

코바야시 군(초2)의 성원을 받으며 나는 미야모토와 대치했다.

그럼 기대에 부응해 힘내볼까. 잘 봐라, 내 활약을. 조연의 프로 · 코바야시 이치로의 반할 만한 서브 캐릭터의 면모를.

2

"붙게 되어서 기뻐, 코바야시 군."

"잘 부탁해, 미야모토."

시합 개시가 선언되기 직전. 그 직전에 나와 미야모토는
짧게 말을 주고받았다.

호면 안쪽에 빛나는 그녀의 두 눈동자가 여전히 사납게
나를 쏘아본다. ……새삼스럽지만 미야모토의 스리사이즈
를 기억해둘 걸 그랬다. 동요시킬 수 있었을 것을.

"아사오 오빠에게 들었어. 너, 왼팔에 금이 갔다지? 그
런 상태로 시합에 나오다니 얼마나 우습게 보고……!"

"딱 알맞은 핸디캡 아니야?"

그렇게 말하자 미야모토의 양쪽 눈이 더욱 분노로 물들
었다. 안됐지만 나도 조사가 끝났다. 네가 냉정해 보이지
만 은근히 히스테릭한 소녀라는 사실.

단, 위험한 상대임에는 변함없다. 그것을 증거로 요전번
에 아오가사키도 입이 닳도록 충고했다.

──코바야시. 미야모토의 실력은 때로는 아사오에게도
득점할 정도다. 사사키보다 한 급 위의 검사라고 생각해야
해.──

아오가사키 레이가 이렇게까지 말한다면 그 실력은 진
짜일 것이다.

제4장 파란만장한 대항전 209

하지만 아오가사키 선배. 거기서 사사키 씨의 평가를 깎아내리는 건 하지 마세요. 그 사람의 시합은 아직이니까. 이후에 나올 거니까.

"시작!"

이러니저러니 하는 사이에 시합이 시작되었다.

'내 일은 되도록 시합을 오래 끄는 것. 다음 중견전에 유키미야와 엘미라가 제때 도착하도록 하는 것. 해주마……. 버티고 버텨서 끈덕지게 진흙탕 싸움을 해주마!'

미야모토가 사뿐히 걸으며 한 발 한 발 간격을 좁힌다. 역시라고 칭찬해야 할까, 내가 때릴 틈은 어디에도 없다.

"뭐야, 그 자세. 너는 정말로 검도 초보였어? 흥, 그렇다고 적당히 봐줄 마음은 없지만. 이건 제재이니까."

"……미야모토, 먼저 말해두지. 미안하지만 쉽게 이길 수 있다고 생각하지 마. 그리고 제대로 된 시합을 할 수 있다고 생각하지 마."

"뭐라고?"

"상대가 나빴군. 나와 겨루게 된 이상── 너도 코미디 릴리프다!"

말을 마치자마자. 눈이 번쩍 뜨일 듯한 검격이 내 호면으로 날아왔다.

순간적으로 피했지만 이어서 미야모토의 노도의 러시가 시작된다. 내 상상을 웃도는 숨도 못 쉴 속공이었다. 괜히 미야모토가 아니었다.

"머리! 허리! 손목!"

그러나 어차피 여자애. 아니, 어차피 인간. 그 정도로는 【마신】의 그릇은 대적할 수 없다.

그럼 나도 반격할까. 받아봐라, 코바야시류의 검을!

"가슴! 엉덩이! 종아리!"

"뭐야?!"

지지 않고 노릴 곳을 선언하며 내 죽도가 휙휙 소리를 낸다. 그러나 적도 보통내기가 아니다. 경악하면서도 공격을 아슬아슬하게 막았다.

"그런 규칙은 없어! 진지하게 해!"

"배꼽! 배꼽! 배꼽! 살짝 덜 민 겨드랑이!"

"더, 덜 밀지 않았어!"

미야모토가 눈 깜짝할 사이에 내 페이스에 말려든다.

객석에서는 아이들의 웃음소리가 일었다. 관객도 매료한다…… 그것이 코바야시 이치로의 성희롱 검술.

"팬티! 배꼽! 브래지어! 배꼽! 가터벨트! 배꼽!"

"가터벨트 따위 차지 않았어! 그리고 배꼽이 너무 많아!"

"주무르고 싶은 가슴! 쓰다듬고 싶은 허벅지! 핥고 싶은 목덜미! 목덜미 핥고 싶어!"

"소원이 되고 있잖아!"

……그런 외설 공세를 반복하자.

보다 못한 심판이 시합을 일단 정지하고 나는 교육적 지도를 받았다.

"자네, 규칙을 엄수해."

"죄송합니다. 펜싱밖에 한 적이 없어서……."

"펜싱 하는 사람이 화낼 거야. 어쨌거나 다음에 또 하면 반칙패로 판정하겠네."

우쭐하고 말았다. 성실하게 하자. 나도 일단 아오가사키 도장 문하생이라는 설정이다. 빈축을 싹쓸이로 사서는 안 된다.

"이, 이 변태……!"

미야모토가 부들부들 어깨를 떨며 화냈다. 호면에서 김이 나올 기세다.

"미안, 미야모토. 지금부터는 제대로 아오가사키류로 상대할게."

고개를 한번 숙이고 나서 나는 죽도를 다시 겨눈다. 다소는 시간도 벌었겠지.

……나는 이번 차봉전, 최종적으로는 우연을 가장해 이길 작정이다. 조금 전 인사로 정렬했을 때, 사회인인 키리야를 보았을 때부터 그렇게 마음먹었다.

이야기로는 들었지만 그 사람의 강함은 격이 다르다. 아마도 이능력을 봉인한 유키미야나 엘미라로는 이기기 어렵다고 판단했다.

'사사키도 실력자고, 그녀들이 반드시 이긴다는 보증은 없어. 그렇다면 내가 2승을 올려서 결정타를 날리면 된다.'

그렇다. 그렇게 하면 딱히 유키미야와 엘미라를 기다릴

필요는 없다. 중견전과 부장전은 기권하고 2승 2패라는 형태를 만들어 결말을 아오가사키에게 맡기면 된다.

'아니, 하지만…… 엘미라는 둘째 치고 유키미야는 이날을 위해 애썼으니까……. "레이 님의 도움이 되고 싶다"면서.'

설령 지더라도 그녀는 시합에 나가게 해주고 싶다. 애초에 기권 같은 고식적인 제안을 아오가사키가 받아들일까?

두 시합이나 생략하면 흥이 깨지지 않을지도 걱정이다…… 따위의 생각을 하던 때.

시합 재개가 선고되자마자 역시 미야모토가 맹렬히 덤벼들었다.

"하아앗! 하앗! 찌르기이이—!"

조금 전보다 더욱 단숨에 히스테릭하게 공격하는 미야모토. 반드시 때리는 곳을 외칠 필요가 없다는 것을 나는 거기서 처음 알았다. 하지만.

'그 정도 솜씨로는 나에게 점수를 따기는 불가능해!'

쏟아지는 무수한 연타를 나는 죽도로 남김없이 맞받아쳤다. 역습할 수 있는 결정적인 기회를 몇 번이나 놓치고 계속해서 수세로 몰린다. 충격이 올 때마다 양팔이, 특히 왼팔이 살짝 삐걱거렸다.

어쨌거나 간단히 시합을 마쳐서는 안 된다. 류가 일행이 돌아오면 뒤는 시나리오 따위 어떻게든 될 테니까. 지금은 그저 지연시킬 뿐이다!

"이, 이 녀석, 강해……. 단순한 변태가 아니야!"

——어느새 미야모토는 공격에 지쳐 숨을 헐떡였다.

모든 공격이 가망이 없음을 이미 알아챘으리라. 그 눈에서 분노는 사라지고 초조감으로 바뀌었다.

"너, 초보가 아니었지? 어째서, 어째서 내 검이……. 아사오 오빠도 때린 적이 있는 내 검이……!"

"그야 그렇지. 나는 이날을 위해 《무사시의 검》을 독파하고 왔으니까."

"무, 무슨 바보 같은 짓을……."

"그럼 이번에는 내가 간다. 너무 소극적이면 패배로 판정 날지도 모르니까! 이따가 다시 네 차례야!"

말하자마자 나는 바로 공세로 바꾸었다.

상당히 가감했지만 미야모토는 받아치는 게 고작이었다. 한 발 한 발 뒷걸음질 치며 반격도 못하고 나에게 압도당한다. 그 표정은 일그러지고 당장에라도 울음을 터뜨릴 것 같았다.

"거짓말이야……. 내가 이렇게 일방적으로... 월상관 톱클래스인 이 내가!"

"자만은 금물이야, 미야모토! 위에는 위가 있는 법!"

"자만? 내가?"

"월상관에서 톱인 게 어쨌다는 거야! 좀 더 높은 수준의 환경에서 하고 싶지 않은가! 아오가사키 도장이라든가!"

혼잡한 틈을 타 빼돌리기를 시도한다. 분명 그녀라면 아오가사키의 좋은 연습 상대가 될 것이다. 타나카를 줄 테니 미야모토를 내놔!

내 맹공이 미야모토를 내몬다. 아이들이 와아 하고 환호성을 질렀다.

"왜 그러지, 미야모토! 발이 멈췄어! 검사는 열세일 때야말로 진가가——."

우쭐해서 훈시를 늘어놓으려던 순간.

내 왼팔에—— 욱신 하고 격통이 느껴졌다. 내려친 동시에 무언가 엄청나게 삐걱거렸다.

"아야야—앗!"

나도 모르게 소리 지르며 죽도를 떨어뜨리고 말았다. 허둥지둥 주우려 한 순간, 심판이 한 손을 들고 선고했다.

"죽도를 떨어뜨려 반칙! 앞선 비신사적인 행위를 더해…… 승자, 월상관!"

…………네?

선봉전과는 다른 의미로 쥐 죽은 듯이 고요해진 장내. 잠시 후 아이들이 일제히 나에게 야유를 퍼부었다.

"이치로 바보오!"

"죽도를 떨어뜨리는 건 반칙인데!"

"멍청이!"

"성희롱남——!"

설마 그런 규칙이 있었다니. 그럼 죽도를 던지는 것도, 상대 죽도를 강탈하는 것도, 끈으로 묶어 쌍절곤으로 쓰는 것도 안 되는 건가?!

'그런 건《무사시의 검》에 나와 있지 않았…….'

아니, 지금은 그럴 때가 아니다.

시합이 끝나버렸다. 아직 유키미야와 엘미라가 도착하지 않았는데, 그때까지 시간을 벌어야 하는데, 끝나버렸다. 게다가…… 내 패배로.

'크윽, 설마 이럴 때 왼팔이 아프다니…….'

금이 간 환부가 여전히 욱신욱신 아팠다. 일상생활에는 지장이 없어서 틀림없이 괜찮을 거라고 믿었는데.

참고로 이 부상은 지금은 캐나다 하늘 아래에 있는 쿠로가메 때문에 입었다. 그 거북이, 빠르게 이탈한 것도 모자라 이런 선물을 남기고 떠나다니……!

"……부었어. 그 왼팔로 그렇게까지 싸운 거야?"

문득 정신이 들자 눈앞에 미야모토가 있었다. 이미 호면을 벗고 무릎을 꿇고 나를 들여다보고 있다.

"그렇지. 하지만 진 변명은 되지 못해. 정말이지, 패주고 싶은 심정이야."

"자신에게 엄격하구나. 당신의 인상이 조금…… 아니, 꽤 달라졌어."

미야모토가 그렇게 말하고 처음으로 나에게 웃어주었다.

여태껏 무서운 얼굴밖에 보지 못했던 만큼 생각보다 귀여웠다. '패주고 싶다'고 말한 건 쿠로가메를 가리킨 거지만 물론 얘기하지 않았다.

"나, 시합 중에 좌절할 뻔한 건 처음이야. 분명히 나는 자만하고 있었는지도 몰라. 그걸 쉽게 간파하다니……. 대단해, 아오가사키 도장."

미야모토가 일어나 몸을 홱 돌렸다. 자기 진영을 향해 걸음을 떼며 그녀는 마지막으로 다시 말했다.

"왼팔이 나으면 다시 시합해주겠어? 너와 마주하면 자신의 미숙함을 좀 더 발견할 수 있을 것 같아. 그러면 답례로 내 최신 스리사이즈를 가르쳐줄게."

"아, 아니, 나는 이제 마음을 고쳐먹었어."

"물론 히노모리 류가에게는 비밀이야. 알아도 되는 건…… 너뿐이니까."

……어쩐지 또 쓸데없는 플래그를 만든 것만 같다.

원통함에 의욕을 잃은 채 터벅터벅 내 진영으로 돌아와서 아오가사키에게 고개를 숙였다.

"아오가사키 선배, 죄송합니다……."

"아니, 그 왼팔로 열심히 싸웠어. 그런가, 아직 낫지 않았던 건가. 그런데 나를 위해 무리해서……. 그 기백과 정신, 분명히 카즈히코에게도 전해졌을 거다."

"저기, 류가에게 연락은……."

"네가 시합할 때 메시지가 왔어. 아무래도 새로운 적이 나타나 사도의 숫자가 늘어난 것 같아."

"새, 새로운 적이?"

"유감이지만 아직 조금 걸릴 것 같다. 다음 중견전은 내가 나가는 수밖에 없군."

나는 "기다리세요"라며 일어나려던 아오가사키를 허둥지둥 말렸다.

다음 상대는 사사키다. 여기서 아오가사키가 나가 2승 1패가 되더라도 나머지 부장전과 대장전은 어떻게 할 거지? 아직 아서왕&키리야가 기다리고 있다고?

설령 유키미야와 엘미라가 제때 오더라도 짐이 너무 무거운 상대들이다. 자칫하면 2연패라는 사태도 가능하다.

'흥을 돋우기는커녕 패배할 우려마저 있다……. 이건 내 실수야. 내가 책임을 지고 어떻게든 하는 수밖에 없어.'

……비장의 카드를 꺼낼까.

되도록 쓰고 싶지 않았지만, 거의 반칙이지만, 이제 그런 소리만 하고 있을 수는 없다.

"아오가사키 선배. 멤버 변경을 허락하시겠습니까."

"멤버 변경? 하지만 누구를……."

"다음 시합을 따기 위해서도 여기는 대역을 세우세요. 십 초 정도면 올 테니까."

그렇게 말하는 사이에 통로에서 쿵쿵 분주한 발소리가 다가오더니 한 소년이 회장에 모습을 드러냈다. 이미 호구를 장비하고 잘난 척하며 죽도를 어깨에 올렸다.

"코바야시 토테츠로, 등장! 죽고 싶은 녀석부터 순서대로 줄 서라! 끼어들지 마!"

그렇다. 도철이다.

사흉 중 한 사람인 '나락의 사도'의 왕, 나와 똑같은 얼굴을 한 남자다.

……사실은 대기실을 마지막으로 나갈 때, 나는 도철을 그곳에 대기시켜두었다. 만에 하나의 일이 있을 때 비장의 카드로서. 그리고 지금 내선통신으로 그를 불렀다.

"코, 코바야시, 토테츠로? 그게 누구지?"

어리둥절해하는 아오가사키에게 나는 짧게 대답했다.

"내 쌍둥이 동생이에요. 그런 걸로 해두세요."

이게 내 비장의 카드. 부아가 치밀지만 도철의 '쌍둥이 안'을 채용하기로 하자.

사사키 씨, 죄송합니다.

당신의 상대는 【마신】입니다.

3

의기양양하게 눈앞까지 온 도철을 아오가사키는 한동안 얼이 빠져서 응시했다.

한편 도철은 조금 전부터 기운 넘치게 죽도를 휘두르고 있다. 아무리 봐도 골프의 스윙이었지만 이 녀석에게 자잘한 걸 지적하는 건 헛된 짓이다.

……사사키에게는 재난이지만 내 패배를 만회하려면 이 수밖에 없다.

유키미야와 엘미라가 제때 도착하지 않은 이상, 이 수단 밖에 없다. 아오가사키를 중견전 같은 어중간한 때 내보낼 수는 없다.

'텟짱이 이겨서 이번에야말로 승리를 눈앞에 둔다. 부장전에 유키미야와 엘미라가 도착하면 좋고, 안 되면 기권한다.'

어느 쪽이든 부장전은 버린다. 승부를 2승 2패 동점으로 만든다.

그리고 대장전에서 아오가사키가 아서왕을 쓰러뜨리고 마지막 3승을 올리면—— 대항전은 누가 봐도 재미있고 아오가사키 레이도 빛날 터.

'아서왕이여. 시합중에도 자유롭게 멤버 변경해도 된다고 말한 건 다름 아닌 너다. 대역은 인간으로 한정한다는 말도 듣지 못했고! 그쪽도 사회인을 내보냈고!'

뻔뻔해진 나를 내버려두고 아오가사키는 여전히 도철을 응시했다.

미심쩍어하며 눈살을 찌푸리고 가만히 【마신】의 얼굴을 들여다본다. 아오가사키는 호면 안쪽에 보인 그의 면모를 확인하더니 이윽고 혼잣말처럼 중얼거렸다.

"코바야시와 같은 얼굴……."

"그러고 보니 아오가사키 선배는 전투 모드밖에 몰랐죠. 도철은 저랑 판박이예요."

"자, 잠깐만 기다려봐 코바야시! 이 녀석은 그러니까 그 도철인가?!"

"네. 그 도철입니다."

"설마 다음 중견전에 【마신】을 내보낼 생각인가?!"

"내보냅니다."

"내보냅니다가 아니잖아! 아무리 그래도 그건 말이 안 돼! 애초에 나는 【마신】 따위에게 도움을 받을 이유는 없어!"

이 마당에 아오가사키의 융통성 없는 성격이 나와버렸다.

하지만 승낙받아야 한다. 나에게는 자신의 실수를 메울 의무가 있으니까.

"괜찮아요. 이미 '절복'했으니까, 지금의 이 녀석은 완전히 무해해요."

"하, 하지만!"

"길도 확실히 들였습니다. 물거나 하지 않고, 이웃 사람에게 짖지도 않아요. 똥도 화장실에서 쌉니다."

"너는 무슨 말을 하는 거야!"

그런 소리를 하는데 심판이 "중견 앞으로!"라고 불렀다.

이미 상대인 사사키는 경기장에서 준비하고 있다. 꾸물거릴 때가 아니다.

"아오가사키 선배. 복잡한 심정은 이해하지만 부디 허락해주세요. 이 녀석은 이제 우리 편이에요. 그걸 아오가사키 선배에게도 증명하고 싶습니다."

"아니, 하지만."

"인간과 【마신】의 공동전선이라니 멋지지 않습니까. 그건 분명히 화해를 향해 크나큰 한 걸음이 될 거예요. 도장의 간판뿐만 아니라 인류를 지키는 일로도 이어질 겁니다."

"자, 잠깐만, 뭔가 혼란스러워졌어……."

"혼란 상태인 채 들어주세요. 제발 도철을 믿으세요. 이 녀석도 아오가사키 선배의 힘이 되고 싶었던 겁니다! 가교가 되고 싶었던 겁니다!"

이때다 싶어 말발을 세워 몰아붙이자 끝내 아오가사키는 마지못해 굽혀 주었다. "설마 도장의 명운을 【마신】에게 맡기게 될 줄이야……"라며 미간을 누르며 한탄했지만.

그런 우리를 무시하고 도철은 자꾸만 주변을 두리번거리며 둘러보았다.

침착하지 못한 그 등을 밀며 나는 얼른 【마신】을 경기장으로 가게 했다.

"자, 빨리 가 텟짱."

"어, 어라? 나리, 류가땅은요? 모습이 보이지 않는뎁쇼……."

"급한 용무로 나갔어. 사도가 나타났어."

"자, 잠깐만 기다리십쇼! 저는 류가땅에게 멋진 모습을 보일 수 있다고 해서 온 겁니다! 없으면 의미가 없습죠!"

"알았으니까 해! 이기면 류가도 다시 볼 거야! 여자애버전으로 접해줄지도 몰라! 치마를 입어줄지도 모른다고!"

"크허허…… 어쩔 수 없네요, 진짜……."

다시 말발로 억지로 도철을 납득시켰다. 실제로 '크허허' 같은 소리를 하는 녀석을 처음 보았다.

"시작!"

그리하여 중견전이 시작되었다.

단숨에 공격할 줄 알았던 사사키지만 예상과 달리 그는 움직이지 않았다. 그러기는커녕 죽도조차 겨누지 않고 격렬하게 덜덜 떨었다.

　"뭐, 뭐야 이 녀석……. 뭔가 이상해……. 몸이 움츠러들어서 움직일 수 없어……!"

　역시 재능만이라면 아서왕에 필적하는 검사. 분명 사사키는 본능적으로 이해한 거겠지. 상대하는 존재가 말도 안 되는 괴물이라고.

　"그럼 간다. 거기 움직이지 마."

　그런 말과 함께 사사키에게 성큼성큼 다가가는 코바야시 토테츠로.

　그리고 아무렇게나 죽도를 쳐들어 얍 하고 후려친 직후.

　──장내가 쿠쿵 하고 흔들렸다. 어마어마한 굉음이 들리고 경기장이 폭발했다.

　그 충격으로 벽과 천장에 쫙쫙 금이 간다. 방출된【마신】의 사기에 노출된 관객들이 2층석에서 픽픽 기절한다.

　……정신을 차리니 경기장에는 커다란 구멍이 뚫렸다. 운석이라도 떨어진 것처럼 지름 십 미터쯤 되는 깊은 크레이터가 생겼다.

　그 구멍 옆에 사사키와 심판이 포개지듯이 쓰러져 있다. 물론 그들도 실신했다.

　'저…… 바보…….'

　찾아온 정숙 가운데. 나는 멍하니 선 채로 그 광경을 눈을 부릅뜨고 지켜보았다.

당연하지만 적당히 하라고 말했다. 수준 차이를 보여서 전의를 꺾고 항복시키라고 명령했건만…… 대회장째로 부수어버렸다.

말을 잃은 내 곁으로 도철이 걸어온다. 【마신】은 호면을 벗고 일을 한 건 마친 것처럼 이마를 쓱 닦더니 이어서 엄니를 척 세웠다.

"나리, 이러면 됐습죠?"

"…………."

"그야말로 압승이란 느낌입죠. 오우 아오가사키, 고맙다는 말은 됐어."

아오가사키 역시 제대로 반응하지 못하고 얼이 빠져 있었다. 어울리지 않게 입이 반쯤 벌어졌다.

그런 '참무의 검사'를 개의치 않고 갑자기 도철이 크게 하품을 했다. 우리를 제외하고 전원이 기절한 장내에 "후아아~" 하는 얼빠진 소리가 울려퍼졌다.

"나리, 조금 자겠습니다. 아직 완벽하지 않은 상태로 힘을 써서 너무 졸려요."

"……어?"

"내 활약, 류가땅에게 잘 전해주세요? 그럼 꿈에서 류가땅이랑 알콩달콩해야지……."

그렇게 말하고 도철은 모습을 감추었다. 대항전을 엉망으로 만들어놓고 아무런 뒤처리도 하지 않고 내 안으로 스윽 들어가버렸다.

　……결과적으로 비장의 카드는 말도 안 되는 악수였다. 실수를 메우기는커녕 더 큰 구멍을 파버렸다. 무덤이라는 특대 크레이터를.

　수습하지 못할 사태가 된 것에 내가 격렬히 후회하고 있는데.

　경기장에서 심판이 희미하게 움직였다. 간신히 의식이 남아 있었던 듯한 심판은 비틀비틀 상체를 일으키며 남은 힘을 짜내 말했다.

　"초, 위험 행위…… 승자, 월상, 관……."

　거기까지 말하고 힘이 다해 심판은 정신을 잃었다.

　우러러볼 만한 심판혼이다만, 인제 와서 그런 판정에 의미는 없다.

　스스로도 모르는 사이에 나는 "크허허……" 하고 말했다.


　이리하여 유감이지만 대항전은 엉망이 되고 말았다.

　경기장이 크레이터가 되어버린 이상, 더는 어쩔 수가 없다. 속행하려 해도 필드가 없고, 덤으로 심판도 없다.

　'생각할 수 있는 최악의 전개가 되어버렸어……'

　이제 '흥을 돋운다'나 '승리한다'의 문제가 아니다. '류가의 도착을 기다린다'는 문제도 아니다. 그 이전 차원에서 대항전은 막을 내리게 되었다.

　'내가 토테츠로 따위를 내보내는 바람에…… 아오가사키

선배 메인 스토리가······.'

조심조심 아오가사키의 옆모습을 살핀다. 때에 따라서는 할복 · 재산 몰수도 각오해야 한다······ 그렇게 생각했을 때.

어째서인지 그녀는 내가 아니라 앞쪽을 노려보고 있었다.

어느새 얼이 빠졌던 상태에서 회복해 입을 일자로 다물고 매처럼 예리한 눈빛으로 무언가를 주시하고 있었다.

"아오가사키 선배?"

의아해서 그 시선을 따라갔다. 그러자.

——그곳에 키리야가 있었다. 기절도 하지 않고 여전히 단정하게 같은 장소에 앉아 있었다.

"엇? 어, 어떻게······."

나도 모르게 놀라서 그런 말을 내뱉고 말았다.

이만한 일을 목격하고 어떻게 태연하지? 왜 리액션이 없지?! 혹시 저건 패널인가?!

"코바야시. 아무래도 승부는—— 아직 끝나지 않은 것 같다."

당황하는 나에게 아오가사키가 나직하게 중얼거렸다.

"조금 이상하다 싶었어. 이 타이밍에 사도들의 습격······ 과연 단순한 우연인가?"

"············."

"경력 일체가 불명인 채 어느새 월상관의 중진이 된 남자······. 그 녀석은 과연 누구인가? 그만한 맹자를 왜 지금까지 소문조차 듣지 못했는가?"

내 고동이 조금씩 빨라진다. 손바닥에 땀이 밴다.

아오가사키가 무슨 말이 하고 싶은지는 당연히 이해했다. 애초에 이 상황에서 눈썹 하나 까딱하지 않는 키리야는…… 명백히 정상이 아니다.

그의 옆에는 타나카와 미야모토, 그리고 아서왕이 엎드린 상태로 정신을 잃었다.

저게 올바른 '인간의 리액션'이다. 아무리 검술의 실력자든 관계없다. 그것을 지키지 않는 놈은 다시 말해 인간이 아니라는 소리다.

아오가사키가 소리도 없이 걸어간다. 이미 그 손에는 죽도가 아니라 그녀 전용 아이템인 '어목신도'가 쥐어 있었다.

"당신―― 사도로군?"

목도 끝을 들이밀며 단도직입적으로 묻는 아오가사키.

그 질문을 받고 천천히 일어나는 우람한 거구의 대장부.

"……그렇다면 어쨌다는 건가? '참무의 검사'여."

"뭐야?"

"조금 전 네가 말한 대로다. 아직 승부는, 대항전은 끝나지 않았다. 월상관이 앞으로 한 번만 이기면――너는 야마나시 아사오의 아내가 된다."

짐승의 나지막 소리처럼 키리야가 굵직한 목소리로 말한다.

……다소 납득이 가지 않는다. 그가 '나락의 사도'인 건 틀림없다. 하지만 어째서 이 녀석은 이렇게까지 대항전에

집착하지? 아오가사키 레이에게 집착하지?

"아오가사키 레이. 너도 검사 나부랭이지. 설령 상대가 사도라 해도 나는 약속을 어기지는 않겠지? 우리는 인간의 방식에 따라 시합을 하고 있으니까."

"사도로 발을 묶는 공작을 해두고 인간의 방식이라고?"

"그게 우리의 사주라는 증거는 없을 텐데."

"그렇게까지 해서 나와 아사오를 결혼시키는 데에 무슨 의미가 있지?"

"언젠가 알게 된다. 자, 부장전을 시작하자."

키리야가 호구도 입지 않고 여유 있게 이쪽으로 다가온다.

'정말로 대항전을 계속한다는 건가? 그렇다면 전황은 이쪽의 1승 2패……. 이제 뒤가 없는 상태다. 아오가사키가 승리하더라도 그걸로 간신히 동점이야.'

게다가 서로 이미 대장전을 할 선수가 없다. 저쪽도 아서왕이 기절했기 때문이다.

'아니 잠깐만. 만약 내가 느낀 '그때의 위화감'이 기분 탓이 아니었다면…….'

아마도 대장전은 치러진다. 상대방에는 아직 선수가 있다.

'아오가사키 선배가 부장전에서 지면 거기까지. 키리야에게 이긴다면 결말은 대장전으로 넘어간다. 그러나 유키미야와 엘미라는 아직 올 기척이 없어.'

설령 대장전에 늦지 않더라도 그녀들이 '적의 대장'에 이길지는 큰 도박이다. 제길, 감쪽같이 속아 넘어갔다!

"──좋지. 한번 받은 승부다, 약속을 무를 마음은 없다."

그런 소리를 하는 아오가사키에게 나는 기겁하고 충고했다.

"기다리세요! 이딴 시합, 더는 할 필요 없다니까요! 텟짱도 깨울 테니까 단숨에 정리해버리죠!"

"안 돼 코바야시. 이 승부에는 아오가사키류의 간판이 걸려 있어. 상대가 누구든 도망칠 수는 없어."

어째서 그렇게 성실한 거야!

"애초에 도철은 이미 중견전에 나왔다. 다시 싸우는 건 규칙 위반이다."

어디까지 성실한 거야!

"게다가 코바야시. 우리에게는 키리야의 요구에 거스르지 못할 이유가 있다. 이 회장에는 지금…… 천 명이 넘는 '인질'이 있으니까."

그 말을 듣고 나는 화들짝 놀랐다. 그렇다, 객석에는 사정도 모르는 많은 인간이 정신을 잃은 상태다. 그중에는 아이들도 있다.

아마도 그것 역시 저쪽의 책략이 분명하다. 제길, 완벽하게 속아넘어갔다!

"……도철 님이 나오셨을 때는 확실히 간담이 서늘했다."

키리야가 점점 다가온다. 더 이상 사나운 사기를 감추려고도 하지 않았다.

"하지만 잠들어준 건 행운이야. 이게 규칙에 따른 대항전인 이상 그분이 다시 개입하는 건 그쪽의 시합 포기로 간주한다. 알고 있겠지? 코바야시 이치로."

이쪽을 희번덕거리며 흘겨보는 키리야에게 나는 소용없다고 알면서 물었다.

"【마신】이 부활한 줄 알면서 따르지 않는 건 무슨 생각이지?"

"지금의 도철 님께는 섬길 가치 따위 없다."

대충 예상한 말이 돌아왔다. 그야 와플을 좋아하고 류가를 좋아하고 한신을 좋아하는 놈 따위 '왕'이라 부르고 싶지 않겠지. 끽소리도 못할 정론이다.

키리야는 걸음을 멈추지 않는다. 이대로는 곧 부장전이 시작되어 버린다.

……뭔가 대책을 생각해야 한다. 어떻게든 아오가사키를 대장전에 남길 방법은 없을까. 제기랄! 달리 누구 대역은 없는 건가?!

"아오가사키여, 먼저 확인해두지. 만약 네가 나를 쓰러뜨린다면 바로 대장전이다. 시합에 나갈 선수는 있겠지?"

"그건 그쪽도 마찬가지지."

"이쪽은 문제없어. 미리 말하지만 5분 이상은 기다리지 못한다. 5분을 넘기는 지연도 시합 포기로 간주한다. 설마 불평은 없겠지? 이 또한 이번 대항전의 규칙에 따른──."

"이 시합, 잠깐만 기다려."

그때. 객석에서 중단을 요구한 자가 있었다. 낯익은 소녀의 목소리다.

우리가 동시에 시선을 돌리자 그림자 하나가 2층석에서 뛰어나와 천장을 통통 차며 빙그르르 회전해 내려왔다.

그대로 내 눈앞에 착지한 사람은—— 다름 아닌 교복차림의 머리카락을 옆으로 묶은 여고생이었다.

"미, 온……?"

"이치로 군, 시합에서 지면 안 되지. 게다가 도철 님까지 지다니…… 정말이지 우리 집 남자들은 한심하다니까."

"너, 왔었던 거야……."

"안 들렸어? 이치로 군이 졌을 때 '성희롱남—!'이라고 외쳤는데."

그 목소리가 너였냐. 매우 악의적인 아이라고 생각했다만.

"그런 것보다 선수가 부족하지? 그렇다면——."

장난스럽게 웃고 미온이 치마를 펄럭이며 뒤돌아본다.

그리고 키리야 쪽으로 몸을 돌리고 온몸에서 스멀스멀 사기가 피어오른다.

"다음 부장전, 나한테 맡기지 않겠어? 그러기 위해 일부러 온 거니까."

……끝났다고 생각한 대항전이 속행되게 되었다.

이미 나의 시나리오를 뛰어넘은 예측할 수 없는 영역에 돌입한 채.

느닷없이 등장한데다 대항전에 참전을 표명한 백로형 사도에게 아오가사키는 상당히 당황했다.

일찍이 몇 번이나 진검 승부를 벌이고 수영복 승부까지 한 숙적……. 그런 자가 사도 측이 아니라 아군에 선다니까 반응하기 어려운 것도 무리는 아니다. 물론 나도 절찬 당황 중이다.

'응원하러 오지 말라고 했는데……. 이 녀석도 올 마음은 없다고…….'

아니. 돌이켜보면 삼 공주는 '볼일이 있다'고 말했을 뿐이다. 여기에 온 목적도 '나를 응원하기 위해'서가 아니라고 한다면 유감이지만 불평할 수 없다.

그럼 삼 공주의 볼일이란 뭐지? 시합을 위해 왔다니 대체 어떻게 된 거야?

정신을 차린 아오가사키가 공격 태세를 갖추며 머리를 옆으로 묶은 소녀에게 물었다.

"미온, 어째서 네가 이 대항전에 대해 알고 있지?"

"흥. 당신들의 행동 따위 이쪽은 전부 꿰뚫고 있어. '나락의 사도' 정보망을 우습게 보지 마."

사실 정보원은 나지만 절대로 말하지 말아 줘. 무덤까지 가져가!

"착각하지 마, 아오가사키. 딱히 너를 도우려는 건 아니

니까. 이건 어디까지나 우리의 사정——삼 공주로서의 직
무를 집행하기 위해서야."

"삼 공주의 직무……?"

눈살을 찌푸린 아오가사키를 내버려두고 미온이 걸어나
간다.

그 앞에는 키리야가 있다. 조금 전까지의 거만한 태도와
는 딴판으로 그는 눈에 보이게 도망칠 기세였다.

"오랜만이네 키리야. 설마 자신의 상관 얼굴을 잊었다고
는 하지 않겠지."

"미, 미온, 장군……."

굳은 얼굴로 몇 걸음 뒷걸음질 친 키리야. 바로 사도 키
리야. 이름이 그대로다.

"내 명령도 없이 인간계에 쳐들어와 멋대로 부하들까지
움직이고…… 부대장으로서 책임을 져야겠지."

……그러고 보니 '나락의 사도'에는 힘에 따라 '병졸', '부
대장', '장군' 같은 격이 있었던가. 총세 육천 명이나 된다
는 사도군 정점에 서는 것이 삼 공주와 팔걸이라 불리는
장군급이다.

'이 대화로 보건대 키리야는 "미온 휘하 부대장"인 건가.'

키리야에게 미온은 【마신】보다 싫은 존재일지도 모른다.
회사의 계장이 사장보다 과장을 두려워하는 것과 같다. 오
히려 직속 상사가 더 신경이 쓰인다.

"키리야. 알겠지만—— 나는 엄청 화났어."

미온이 불편한 기색으로 말하며 오른팔만을 날개로 변화시킨다.

찰칵 하는 딱딱한 소리가 나타내듯이 그녀의 날개 끝은 매우 예리하다.

"그래서 지금부터 너를 숙청할 건데…… 물론 저항해도 돼. 만약 이긴다면 내 대신 장군이 되면 되지. 사도는 '힘'이 전부니까."

"……그 말에 거짓은 없겠지? 미온 장군."

그제야 키리야가 기세를 되찾고 정면에서 상관을 노려보았다.

……흘러가다 보니 사도 VS 사도라는 부장전이 되어버렸지만, 이제 멈출 수는 없다. 아니, 나로서는 멈출 필요 따위 없다.

미온의 갑작스러운 참전은 그야말로 하늘의 도움이다.

이걸로 아오가사키에게 대장전을 맡길 수 있다. 공을 돌릴 수가 있다.

나는 이 마당에 이르러 아직 그것을 포기하지 않았다. 하기야 여기서 미온이 지기라도 한다면 전부 물거품이 되겠지만……. 아오가사키와 호각으로 겨루는 그녀라면 틀림없이 괜찮겠지. 괜찮을 것이다. 진짜로 부탁한다 미온! 지면 목덜미를 핥겠다!

"미온 장군. 확실히 이계에서는 댁들 삼 공주의 명령은 절대적이야. 하지만 이곳은 인간계다."

"그러네. 나도 이쪽이 꽤 마음에 들었어."

"아무리 직속 상관이라도 이쪽 세계에서 지시받을 이유는 없어. 내가 섬길 존재는…… 스스로 결정하겠다."

"뭐, 뭐야 너. 도철 님께 복종하지 않겠다는 거야?"

"예전에 그분이 내 코를 잡아당겨 묶어버린 적이 있어!"

"어쩔 수 없잖아! 당신이 코끼리형 사도이니까!"

안 되겠다. 긴박감이 사라지고 있다. 이 이야기는 마음을 놓으면 금방 이 모양이다.

서둘러 발을 내디디려던 나를 아오가사키가 한 손을 뻗어 제지했다.

"아, 아오가사키 선배?"

"개입은 소용없다 코바야시. 부장전은—— 이미 끝났다."

내가 "어?" 하고 눈을 동그랗게 뜬 직후.

"미온 장군! 당신의 칭호, 이 키리야가 가져가겠다!"

키리야가 온몸에서 어마어마한 사기를 뿜어냈다. 이어서 그 모습이 비대해지며 순식간에 짐승 같아진다. 이형버전으로 변할 작정인가.

하지만—— 변모를 완전히 마치기 전에.

키리야의 머리가 떨어졌다.

쿵 하고 묵직한 소리를 내며 낙하해 나무를 깐 바닥에 데구루루 굴러갔다.

"뭐야?!"

경악으로 눈을 부릅뜬 나와는 대조적으로 아오가사키는

미온의 등을 가만히 응시했다.

아마도 그녀에게는 보였으리라. 라이벌이 내뿜은 신속의 섬광을.

"조금 전 미온이 '지금부터 너를 숙청한다. 물론 저항해도 돼'라고 했을 때…… 그 순간 이미 키리야의 목은 잘렸다."

생각보다 토크 전반이었다. '코를 묶인' 이야기를 할 때는 키리야는 벌써 당한 것이 된다.

라이벌의 해설을 듣고 미온이 우쭐하며 가슴을 폈다.

"진공파를 날리는 것쯤 나도 할 수 있어. 예리함에 있어 아오가사키의 '진소닉'보다 훨씬 위지."

"듣고 지나칠 수 없군, 미온. 그렇다면 비교해볼까?"

갑자기 대립하는 미온과 아오가사키. 지금은 당사자들도 서로를 완전히 라이벌이라고 인정하는 모양이다. 언젠가 정말로 란제리 대결이 있을지도 모르겠다.

"뭐어, 아무튼 한 번 이겼네. 키리야는 이계에서 다시 부활할 때까지 이백 년쯤 반성하도록 하고……. 아오가사키, 지금의 당신이 싸울 상대는 내가 아니잖아?"

"뭐야?"

눈을 가늘게 뜬 아오가사키에게 짓궂은 미소를 짓는 백로 소녀.

"부장전 뒤에는 바로 대장전이 시작될 텐데?"

그랬다. 이러니저러니 이 대항전은 계속되고 있다.

승패는 이제 2승 2패 동점. 미온 덕분에 간신히 대장전까지 아오가사키를 남길 수 있었다. 그리고 마지막 상대는——.

"자, 얼른 시작해 아오가사키. 아니면 시합을 기권할 거야? 기권하면 너는 결혼하게 되겠지만."

"누, 누가 결혼 따위. 내가 처음을 바칠 상대는 이미 마음속으로 정해놓았——."

아오가사키가 불길한 발언을 마치기 전에.

"그보다 댁도 언제까지 자는 척할 거야!"

갑자기 미온이 날개로 변한 오른팔을 옆으로 펼친다.

발사한 깃털 하나가 허공을 가르며 일직선으로 날아간다. 그 앞에는——지면에 엎드려 있는 아서왕이 있었다.

다음 순간, 아서왕이 두 손가락 사이로 날개를 잡았다. 아주 간단하게.

"……정말이지 쓸데없는 짓을 하는군. 애써 세운 계획이 쓸모가 없어졌잖아, 미온."

그런 소리를 중얼거리며 아서왕이 벌떡 일어난다.

그리고 이전과 다름없는 상쾌한 미소로 어깨를 한번 으쓱했다.

5

'역시 아서왕도 사도였나.'

자는 척을 그만두고 일어난 야마나시 아사오를 보고 나는 그다지 놀라지 않았다.

이 녀석이 사도라는 사실은 반쯤 확신하고 있었다. 월상관이 '나락의 사도'와 이어져 있다고 밝혀졌을 때, 나는 이전에 느낀 '어떤 위화감'을 떠올렸다.

……그건 이전 공원에서 아서왕을 맞닥뜨렸을 때의 일이다.

도철이 "므어라고 이 자식아아아!"라고 호통쳤을 때 아서왕은 몹시 겁을 먹었다.

미야모토가 태연했던 것에 비해 부자연스러울 정도였던 겁먹은 모습……. 지금 돌이켜봐도 명백히 과잉 반응이다. 그게 줄곧 생각 한쪽에 걸렸다.

혹시 그건 【마신】의—— 왕의 포효였기 때문이 아닌가?

자신도 모르게 사도로서 리액션이 나와버린 것 아닌가?

"여어 미온, 오랜만이군. 마지막에 만난 게 언제였지."

친근하게 말을 거는 아서왕을 향해 미온이 "기억 안 나"라며 무뚝뚝하게 대꾸한다.

"설마 도철 님에 이어 너까지 인간들의 수작에 함께할 줄은 생각하지 못했어. 조금만 더하면 아오가사키 레이를, 【청룡】의 계승자를 내 것으로 만들 수 있었던 것을."

더없이 유감스러워하며 천장을 올려다보는 아서왕. 미온에 대한 스스럼 없는 태도로 아마도 동격 사도라고 짐작된다.

"너야말로 왜 이런 수작을 벌이고 있는 거야. 바론."

바론. 그게 아서왕 행세를 하던 이 사도의 이름인가.

미온의 질문에는 나도 동감이다. 어째서 바론은 이토록 아오가사키와 결혼하고 싶어 했지? 자고 있는 그녀의 목을 따고 싶다면 다른 방법이 얼마든지 있었을 텐데.

'끝까지 사도임을 들키지 않고 아오가사키의 남편이 되고 싶었던 건가?'

내가 이런저런 생각을 할 것도 없이 바론은 선뜻 입을 열었다.

"내 아이를 낳게 하기 위해서지. 그러니까 사실은 이능력자라면 누구든 괜찮았어. 유키미야 시오리든 엘미라 매카트니든, 쿠로가메 리나든."

"아이? 그건 설마."

미온이 순간 나에게 눈길을 보낸다. 나도 그녀를 흘끔 본 참이었다.

……언제였는지 미온은 나에게 "나랑 아기를 만들어보지 않을래?"라며 제안한 적이 있었다. 이능력자나 【마신】의 그릇…… 그런 특수한 인간이라면 사도도 자식을 만들 수 있을지도 모른다고.

'설마 바론은 똑같은 시도를 하려 한 건가? 아서왕인 척하며 아오가사키 선배와 자식을 만들려고 한 건가?!'

아무리 그래도 아오가사키 역시 사도의 아이를 낳는 건 사양이겠지. 그렇기에 바론은 비밀리에 그것을 실행하려고 했다. 그딴 음담패설이 이런 복선이 되었다니!

입이 떡 벌어진 나와 미온. 의미를 모른 채 얼굴을 찌푸린 당사자 아오가사키.

그런 이쪽을 무시하고 바론은 수다스럽게 지껄인다. 본색을 드러낸 다음에 계획 전모를 털어놓는 부분은 상당히 기특한 적 캐릭터다.

"사도도 자식을 얻을 수 있다……. 그 이야기는 헛소문이 아니야. 나는 이미 실제 예를 알고 있으니까."

"실제 예? 사도의 아이가 있다는 거야?"

"그래. 단 유감스럽게도 인간이든 사도든 모체가 아이를 낳는 건 딱 한 번이라더군. 그러니까 나는 나대로 상대를 찾을 필요가 있었는데……. 이능력자는 그렇게 많지 않아. 짐작 가는 상대라고 한다면——."

그건 다시 말해 이 이야기의 메인 캐릭터, 사신인 여고생들.

그리고 숨은 여고생인 주인공. 그 여동생도 후보에 들어갈까.

"그중에서 아오가사키 레이에게 눈독을 들인 이유는 성격적으로 가장 함락하기 쉽고, 가장 내 취향 외모였기 때문이야. 그러니까 야마나시 아사오로 변해 혼담을 꺼낸 거지."

"네놈…… 진짜 아사오는 어떻게 했나."

살기를 담아 따지는 아오가사키에게 바론이 큭큭 하고 소리를 죽여 웃었다.

"그 질문은 적절하지 않군. 그는 나 자신이며 나는 그 자신이니까."

요령 없는 바론의 설명을 미온이 보충했다.

"이 녀석은 그런 능력을 가진 사도야. 인간에 씌어 이성을 미치게 하고, 백 일째에 그 정신, 육체와 완전히 동화하지……. 그게 '나락의 팔걸' 중 한 사람, 바론의 특기야."

그렇다는 건 지금까지 본 아서왕은 다른 사람인 게 아니었나.

원래 아오가사키에게 마음이 있던 그는 바론에게 씌어 이성이 폭주했다. 이제 그게 자신의 의사인지 바론의 의사인지도 알 수 없어졌다.

누구에게도 들키지 않고 어느새 온전히 본인과 동화한다……. 무서운 녀석이다. 사도는 이렇게 인간 모습으로 둔갑하고 교묘하게 인간사회에 잠입해 있다.

진실을 안 아오가사키가 미모를 비통하게 일그러뜨렸다.

"……역시 그런 뒤가 있었나. 내가 아는 아사오는 유복하지만 소박함을 제일로 여기고 검술에도 성실한 남자였다. 절대로 억지로 맞선 이야기나 도장 흡수 따위를 할 사람이 아니었어."

"유감이야. 내 아이가 사도란 걸 알았을 때의 네 표정이 보고 싶었는데. 계획은 술술 풀리지 않는 것이로군. 설마 도철 님에 이어 미온까지 나타날 줄이야……. 하지만."

바론이 아서왕의 얼굴로 입꼬리를 씩 올린다.

"너는 분명히 말했다. '약속을 무를 마음은 없다'고."

"…………."

"그 언질을 잡은 이상 더는 정체를 숨길 필요도 없다. 네가 대장전에 패한다면 반드시 내 아이를 낳게 하겠어. 이제 와 철회는 할 수 없어, 레이."

"네놈……."

아오가사키가 어금니를 바드득 꽉 문다. 이어서 목도 끝을 다시 바론에게 들이댄다.

"좋지. 아직 네놈이 아사오에게 씐 지 백 일도 되지 않았을 터. 지금 이 자리에서 네놈을 쓰러뜨리면 어쨌든 문제는 해결한다는 얘기다."

"그렇지. 내가 야마나시 아사오에게 씐 지 오늘로 딱 육십 일째야. 이렇게 될 줄 알았으면 완벽하게 동화하고 나서 움직였어야 했——."

"말해두지만 바론. 네가 아오가사키에게 이기면 다음은 나와 싸워야 해."

거기서 미온이 대화에 끼어들 듯이 선언했다.

"거기서부터는 인간이 아니라 사도의 방식으로 할 거야. 다시 말해 너는 결국 살아서 여기서 나갈 수 없다는 거지. 자식 만들기는 포기해."

"이봐, 설마 키리야뿐만 아니라 나까지 숙청할 작정이야? '나락의 삼 공주'와 '나락의 팔걸'은 동격일 텐데? 너에게 처단당할 이유는 없어."

"도철 님과 이치로 군을 따르지 않는 사도는 우리에게 전부 숙청 대상이야."

"……호오. 삼 공주는 끝까지 도철 님께 충성을 맹세하겠다는 겐가?"

"그래. 혼돈님의 부하라면 눈감아줄 수 있지만 너는 아닌 것 같으니까."

"쳇…… 그딴 얼빠진 【마신】이 대체 어디가 좋은지."

"——말 다했어, 바론?"

미온의 사기가 살기와 노기를 머금고 단숨에 부풀어 오른다. 도철을 폄하당한 걸로 꽤나 열 받은 모양이다.

그 충심에 나도 모르게 감동했다. 평소에는 왕에게 은근히 함부로 대하는 것 같았지만. 전구를 갈 때 왕의 등을 발판으로 삼았지만.

"그런데 미온, 한 가지 묻고 싶다만."

백로 소녀의 격앙을 받아넘기듯이 바론이 턱을 치켜들었다.

"내가 야마나시 아사오에 씌었다는 걸 어떻게 알았지? 그걸 알았기 때문에 너는 여기에 온 거지? 너희와 접점이 없도록 주의했을 텐데."

그 질문에 미온이 대답하려 했을 때.

뒤쪽 통로에서 여러 발소리가 다가오더니 세 소녀가 달려왔다.

"이치로! 레이 선배! 늦어서 미안!"

"기다리셨습니다!"

"만반의 준비를 하고 화려하게 등장합니다!"

그건 바로—— 류가, 유키미야, 엘미라였다.

그대로 그녀들은 대회장의 이상한 상황에는 눈길도 주지 않고 곧바로 바론을 강하게 노려보았다. 마치 이 사태를 이미 알고 있었던 것 같다.

"류, 류가? 사도 집단은 정리했어?"

"그래, 정리했어. 최종적으로 예순 명 가까이 나타나 어떻게 해야 하나 고민했지만."

"예, 예순 명?"

그렇게까지 철저한 발 묶기 공작이었나. 그건 집단이 아니라 일 개 소대잖아.

아무리 그래도 그만한 숫자를 이런 짧은 시간에 섬멸할수 있었을까? 실제로 바론도 경악했다. 말도 안 된다는 얼굴로 주춤했다.

'설마 이 대회장에 미온밖에 없는 건…….'

나는 그 시점에서 삼 공주의 볼일이 무엇인지를 이해했다. 동시에 조금 전 바론의 질문에 대해 미온이 하려던 대답도 아마 이해했다.

'아서왕의 정체를 간파한 건…… 키키인가?'

99% 그렇겠지. 공원에서 있던 일에는 바가지머리 소녀도 있었으니까. 그러고 보니 키키는 이상하게 미심쩍은 표정으로 아서왕의 등을 바라보지 않았던가?

'아마 키키도 아서왕의 리액션에 위화감을 느꼈겠지. 아니, 어쩌면 그 이전 문제일지도 몰라. 에조늑대형인 녀석

은 후각으로 사도의 사기를 감지할 수 있으니까.'

내 추측을 뒷받침하듯이 유키미야와 엘미라가 코멘트를 덧붙였다.

"확실히 사도의 원군은 예상 밖으로 많았습니다. 하지만 더욱 뜻밖에도 저희에게도 원군이 있었습니다."

"그것이 '나락의 삼 공주'의 주리와 키키예요."

"설마 보건실에서 치료에 이어 두 번이나 주리에게 빚을 지다니……."

"그 멍멍이가 나타났을 때는 솔직히 이쪽으로 오기는 글렀다고 각오했지만……. 저희를 도와줄 줄은 생각지도 못했어요."

역시 그런 건가. 미온과 마찬가지로 주리와 키키도 '직무'를 집행했다. 다시 말해 도철에게 돌아서지 않은 사도들의 숙청을.

그 전말을 들은 바론이 분하다는 듯이 욕설을 지껄인다.

"모르는 사이에 키키와 접촉했다니…… 여전히 냄새를 잘 맡는 꼬맹이야."

그 한편으로 류가는 지금까지보다 상냥한 목소리로 미온에게 말을 건넸다.

"고맙다, 삼 공주. 아무래도 너희는 역시 다른 사도와는 다른 것 같군."

"착각하지 마 히노모리 류가. 댁들과 친하게 지낼 마음은 없으니까. 이번 일은 우연히 이쪽의 목적과 일치했을 뿐이야."

"네 동료에게 전언을 부탁받았어. '뒷일은 잘 부탁해. 저녁은 탕수육을 희망'이라더군."

"저, 적에게 무슨 전언을……! 진짜로 바보라니까!"

"미온의 탕수육은 나도 언젠가 먹어보고 싶군."

"누, 누, 누가 너 따위에게! 친한 척하지 말라고 했지!"

귀까지 새빨개진 츤데레 사도를 내버려두고 류가와 시오리, 엘미라가 아오가사키 주변으로 모인다. 미소를 주고받고 힘차게 서로 고개를 끄덕인 모습에서는 그녀들의 깊은 신뢰 관계가 엿보였다.

응. 역시 유대란 좋은 것이다. 왕도 배틀 스토리에는 빼놓을 수 없는 요소다.

여기서 주제가라도 흐르면 마지막에 분위기가 고조될 텐데…… 틈을 봐서 작곡해볼까.

"바론. 아사오를 돌려받겠다."

동료들이 지켜보는 가운데 아오가사키가 홀로 어신목도를 들고 나아간다.

여러 가지 일이 있었지만 드디어 클라이맥스다. 밥상은 다 차려졌다. 이제 아오가사키가 멋지게 바론에게 심판을 내리게 하자. 마음껏 빛나게 하자.

"바람대로 대장전에서 결말을 내도록 하지. 걱정하지 않아도 그쪽처럼 숫자에 맡기는 짓은 하지 않아. 네놈의 상대는 나뿐이다."

"안타깝게도 말이지, 그런 말을 믿을 만큼 바보가 아니야."

……이 마당에 이르러 아직 바론에게는 여유가 느껴진다.

조금 마음에 걸린다. 내가 그랬던 것처럼 놈도 비장의 카드를 숨겼는지도 모른다. 이 녀석은 책사 같으니 방심은 금물이다.

'아직 사도 군단이 있다거나?'

아니, 그건 생각하기 힘들다. 대군의 사기 따위 근처에는 느껴지지 않는다. 무엇보다 바론은 이미 예순 가까운 수하를 잃었다.

설령 군단이 있더라도 이쪽에는 류가와 메인 캐릭터가 모여 있다(거북이는 캐나다). 그리고 미온도 있다. 잔챙이를 선동해봤자 하천부지의 전철을 밟을 뿐이겠지.

"그럼 다시…… 단둘이 될까, 레이."

말하자마자 바론이 오른손을 높이 들었다. 이어서 그 손가락을 딱 하고 울렸다. 그러자.

──사방을 둘러싼 2층석에 온갖 곳에서 관객들이 일어났다.

기절했던 천 명이 넘는 사람들이 계단에 쇄도해 회장으로 내려왔다.

"뭐야!"

"……잊고 있었어. 바론에게는 이런 능력도 있었던 걸."

미온가 가볍게 혀를 차고 씁쓸하게 중얼거렸다.

"어, 어떻게 된 거야?!"

"저 녀석은 염파로 인간을 조종할 수 있어. 주리의 세뇌만큼 강력하지 않지만, 그래도 한 시간은 조종할 수 있을 거야."

이게 무슨 일이야. 다시 말해 관객들은 인질이 아니었던 건가. 여차할 때 수하로 쓸 작정이었던 건가.

이것이 바론의 비장의 카드. 여유의 근거. 제길, 철저하게 속아넘어갔다!

"자아 레이, 대장전을 시작하자. 나는 '나락의 팔걸' 중 한 사람, 간장(奸將) 바론……. 고작 사신 따위에게 뒤지지 않아."

아서왕의 몸이 변화해 순식간에 사마귀형 이형 괴물이 된다.

그 등 뒤에서 타나카, 미야모코, 사사키, 그리고 심판까지 일어났다. 하나같이 표정은 멍했지만 다들 죽도를 들고 있다.

……마지막의 마지막까지 신물이 날 정도로 파란만장한 대항전이다.


6


사방의 통로에서 회장으로 쏟아지는 관객들은 흡사 좀비 무리 같았다.

다들 무표정하고 눈에 초점이 맞지 않고, 몽유병 환자처럼 우글우글 우리를 포위한다. 더욱 성가시게 대부분 죽도를 들고 있다.

'대항전 라스트가 손님까지 전원 참가하는 난투가 되어 버리다니……!'

게다가 그 숫자는 대략 천 명. 바론의 염파로 조종당할 뿐이라 제대로 싸울 수도 없다. 전원이 검술 경험자인 것도 상당히 감당하기 어렵다.

어떤 의미로는 사도보다 훨씬 귀찮은 상대라 할 수 있다.

"……다들 진심으로 싸우면 안 돼. 상당히 힘들겠지만 급소 지르기로 잠재우자."

우리는 서로 등을 맞댄 채 다가오는 관객을 기다리면서 류가의 지시에 귀를 기울인다.

떨어진 곳에서는 아오가사키가 바론과 대치하고 있다. 그쪽으로 향하는 좀비가 없는 것으로 보아 모두 우리를 덮치라고 명령받았으리라.

참고로 미온은 빠르게 이탈해 사람이 없는 2층석 난간에 앉아 구경하기로 마음먹었다. 힘을 빌려줄 마음은 없는 듯하다.

포위망이 조금씩 서서히 좁아진다. 그중에는 타나카, 미야모토, 사사키의 얼굴도 있었다. 아마도 세 사람은 이 대항전의 진상 따위 조금도 알지 못했을 것이다.

내 등 너머로 류가가 임전태세로 들어가는 기척이 전해졌다.

"눈뜰 무렵에는 세뇌가 풀릴 거야. 아무쪼록 힘을 적당히 쓰도록 주의해."

"하다못해 초목이 있으면 제 '수박살(樹縛殺)'로 모두를 구속할 수 있었겠지만……."

"아무튼 어른부터, 되도록 남자부터 잠재우죠. 아이참, 대장전은 내가 할 작정이었는데."

"아니. 원래 이 승부는 아오가사키 도장이 도전받은 싸움이다. 결말을 짓는 사람은 레이 선배여야 해. 우리는 돕자! 이치로도 부탁해!"

"응?"

류가가 분발을 촉구해 나는 크게 불안해졌다.

……큰일이다. 전력으로 계산되고 있다. 그건 곤란하다.

오로지 도망칠 작정이었건만. "으하아아─!", "살려줘어어!", "큭, 너희들 놔! 어이어이, 옷을 벗기지 마! 하다못해 팬티는 돌려줘!" 그렇게 친구 캐릭터 일류의 코미컬극을 연기할 예정이었건만.

'앞으로를 위해서도 여기서 '쓸모 있는 녀석'이 되어서는 안 돼. 철저하게 개똥만큼도 도움이 되지 않는 남자가 되어야 해……. 잘해서 모두에게 환멸받아야지.'

내 심중을 무시하고 곧장 세 방향으로 달려가는 류가, 유키미야, 엘미라.

그대로 그녀들은 무리지은 좀비의 목덜미를 척척 손날로 쳐서 차례차례 기절시켰다. 세 사람 다 무척 훌륭한 솜씨다.

'역시 메인캐릭터들이야…….'

타나카가 또다시 류가의 손에 쓰러졌다.

미야모토와 사사키도 각각 유키미야와 엘미라가 일격으로 때려눕혔다. 역시 검 승부로 한정하지 않으면 그녀들이 고전하는 일은 없다.

'이 상태면 내가 뻔뻔하게 나설 필요는 없어 보이는군. 좋아, 역시 나는 코미디를 담당하자. 벗기기 쉽도록 도복 바지 허리끈을 느슨하게 해두자.'

내가 전라 준비에 착수하려던 그 순간.

등 뒤에서 뒤통수를 죽도로 때린 녀석이 있었다. 용서 없는 그 풀스윙에 내 시야에 불꽃이 튄다.

"아야!"

돌아보니 그곳에 아이들 집단이 있었다. 모두 인형처럼 공허한 얼굴로 저마다 죽도를 들고 있다.

말할 것도 없이 아오가사키 도장의 문하생……. 아오가사키의 제자들이었다. 참고로 나를 때린 녀석은 코바야시군(초2)이다.

"자, 잠깐만 너희들! 진정해! 얼마가 필요하——."

내 말 따위 들을 생각도 하지 않고 아이들이 덤벼든다. 나는 눈 깜짝할 사이에 쓰러지고, 내 위에 아이들이 올라가 그대로 두들겨 맞았다.

"으악! 꾸엑! 웃기지 마 망할 꼬맹이들아! 때리는 거 말고 옷을 벗기라고 옷을!"

항의는 받아들여지지 않고 엄숙하게 좀비 키즈에게 마구 얻어맞았다. 역시 아오가사키류, 내려치기에 중심이 잡혀 있다. 역시 레이 선생님은 훌륭한 지도자다.

'테, 텟짱 일어나! 숙주의 위기다! 류가도 돌아왔어!'

아르마딜로처럼 몸을 둥그렇게 말면서 내선통신으로 도철을 부른다. 곧 응답은 있었지만 단순히 【마신】의 잠꼬대였다.

'으~음, 음냐음냐…… 헤헤헤, 류가땅은 적극적이구나아……. 뜻밖에 야하네……. 나리에게는 비밀이다?'

'어떤 꿈을 꾸는 거야, 야!'

'아, 그만해 류가땅. 내 비키니팬티를 잡아당기지 마…… 팬티 돌려줘…….'

'나보다 먼저 벗지 마!'

개똥만큼도 도움이 되지 않는 토테츠로를 포기하고, 그 다음에 2층석의 백로 소녀에게 구제를 요청했다.

"어이 미온! 가세해! 이 녀석들을 어떻게든 해줘!"

"싫어. 나는 아이에게 손찌검하는 취미는 없는걸."

"그럼 하다못해 옷을 벗겨줘! 여기가 내가 활약할 장면이야!"

"의미를 모르겠다니까. 그보다── 자, 조금은 편해졌을까."

다리를 꼬고 난간에 앉은 채 미온은 어느 한 곳을 내려다보았다.

그녀의 시선 끝에는── 당연하다고 할까, 무시무시한

전투를 펼치고 있는 아오가사키와 바론의 모습이 있었다.

"샤아아아아아ー!"

바론의 예리한 두 팔이 종횡무진 사냥감을 덮친다. 그 풍압이 여기까지 미쳤다.

사마귀 사도인 만큼 그의 손은 거대한 낫 모양이었다. 본래 같으면 낚아서 사로잡기 위한 팔이지만 바론의 팔은 그야말로 칼날……. 찢고, 자르고, 난도질하는 것을 목적으로 한 형태다.

한순간이라도 반응이 늦으면 팔다리 따위 간단히 절단당할지도 모른다.

하지만 아오가사키는 물러나지 않았다. 흉악한 낫의 난무에 오로지 '근접 거리에서의 회피'라는 전법만 취했다.

'아오가사키 선배, 조금 더 거리를 두어야 하지 않아? 이대로는 언젠가 공격을 먹고…….'

그렇게 마음을 졸이는 나는 여전히 아이들의 공격을 당하고 있다. 이제 좀 열 받아서 발로 차주고 싶었지만 꾹 참는다. 나는 어린애에게 무르다.

"안심해도 돼, 레이. 죽이지는 않아. 단…… 팔다리 한두 개를 잃어도 아이는 낳을 수 있으니까…… 앞날을 위해서도 조금 얌전해져야지!"

"팔걸 중 한 사람, 바론……. 네놈에게 한 가지 전해야 할 말이 있다."

폭풍우처럼 사납게 날뛰는 흉폭한 칼날에 그 몸을 드러

낸 채 아오가사키가 바론에게 말했다.

침착한 태도와는 달리 그녀의 도복은 여기저기 찢어졌다. 볼에도 두 줄기 얕은 열상이 슥 남았다. 얼굴은 그만둬! 메인 캐릭터라고!

"말했을 텐데, 레이! 이제 와 약속 철회는——."

"그 말이 아니다."

그 순간. 아오가사키가 적의 품으로 뛰어들었다.

검사로서는 너무 가까운 간격……. 하지만 아오가사키는 평범한 검사가 아니었다.

바론의 명치를 때린 것은 검자루 끝. 어느새 그녀는 목도를 한가운데쯤으로 고쳐 쥐고 있었다.

"구, 엑……!"

제대로 찌르기 먹고 몸이 '〈' 모양으로 구부러진 바론.

역시 이 일격은 예기치 못했던 듯하다. 무기가 진검이 아니라 목도이기 때문에 가능한 그녀답지 않은 페인트 공격이었다.

아오가사키가 지체 없이 적의 품에서 이탈해 목도를 다시 겨눈다.

"허리 한 판으로 내가 승리한 건가?"

"우, 웃기지 마……. 그런 규칙 검도에는……."

"검도? 아니지. 우리가 다루는 건 검술이다. 나는 이번 대항전을 검술 승부라고 인식하고 있다만?"

"무, 무슨……."

"물론 가르치는 기술은 검도라는 경기에도 쓸 수 있다. 그러나 아오가사키류의 본질은 어디까지나 '시합'이 아니라 '사합(死合)'을 상정한 검……. 상대를 소멸시키기 위한 수단이다."

아오가사키의 목도가 규칙 없이 움직이며 바론의 온갖 급소를 찌른다. 명백히 검도의 형태가 아니었다.

'저건 한 점을 따기 위한 공격이 아니야. 적을 처단하기 위한 공격이다.'

눈을 부릅뜨고 있는데 내 머리 또한 죽도로 처단당했다.

잘 보니 아이가 아니라 심판이기에 뒷발로 차버렸다. 나는 어른에게는 엄격하다.

그러는 동안에도 아오가사키는 희롱하듯이 반격조차 허용하지 않고, 일말의 용서 없이 목도를 휘두른다. 그때마다 바론이 고통스럽게 신음했다.

"검이란 적을 쓰러뜨리기 위한 무기. 그렇기에 아오가사키류는 '마음'과 '정신'을 중시한다. 그것을 휘두르는 의미를 늘 자문한다. 결코 '마음' 없는 폭력이 되지 않도록."

"크, 으……."

"내 검은 아프지? 한결같이 '마음'을 갈고닦을수록 검도 갈고닦인다. 그 진지함으로 목도라도 진검으로 바뀐다. 그것은 검술도 검도도 마찬가지다!"

"크헉! 끄흑! 아, 욱……."

그때. 바론의 몸에 이변이 생겼다.

마치 분열하듯이 아서왕의 몸이 지면에 내려앉았다. 서 있는 사마귀 사도를 남기고.

　'빙의가 풀린 건가?'

　심각한 피해를 입어 빙의 상태를 유지할 수 없었으리라.

　그런가. 그래서 아오가사키는 도통 최후의 일격을 가하지 않았던 것이다. 그녀는 먼저 두 사람을 떼어놓는 것을 생각하고 있었다.

　'이 상황에서 아서왕의 육체를 걱정하다니⋯⋯.'

　역시 이 사람은 멋지다. 이야기가 달랐다면 주인공도 됐을 큰 그릇일지도 모르겠다.

　"나왔나. 굳이 이능력을 쓰지 않고 끈질기게 버틴 보람이 있었군."

　"뭘⋯⋯."

　"말했을 텐데. 아사오를 돌려받겠다고. 지난번에 코바야시가 가르쳐주었다⋯⋯. 중요한 건 '목적을 잃지 않는 것'이라고. 멋진 말이다. 내 좌우명에 더하고자 한다."

　그건 내가 아니라 도철이 한 말이지만⋯⋯ 그보다 애초에 류가가 한 말이지만⋯⋯ 돌고 돌아 아오가사키의 신조가 되고 말았다.

　"어찌 되었든 이것으로 거리낌 없이 진심을 다할 수 있겠군."

　"지, 진심이라고⋯⋯. 설마 지금까지 대충했다는 건가⋯⋯!"

"당연하다. 그럼 이제부터는 '참무의 검사'로서 싸우겠다."

아오가사키의 어목신도가 군청색 오라를 두른다. 나선 모양으로 휘감은 오라가 희미하게 용의 모습이 되어 간다.

"이야기가 끊겼지만 다시 말하지. 네놈에게 한 가지 전해두고 싶은 것이 있다."

아오가사키의 긴 포니테일이 하늘을 찌를 듯이 거꾸로 선다. 리본이 찢어져 아름다운 머리카락이 나풀나풀 펼쳐졌다.

"바론. 네놈은—— 미온의 발끝에도 미치지 못해."

"뭐——."

숨을 삼키는 바론. 거기에 "당연하지" 하고 미온의 목소리가 겹쳐졌다.

"간장 바론! 나락의 바닥으로 사라져! 받아라, 비검 킬로열!"

높고 날카로운 기합과 함께 아오가사키가 검을 내려쳤다.

도신에서 뿜어져나온 기류의 소용돌이가 바론을 순식간에 높이 감아올린다.

"끄아아아아아아!"

허공에 떠오른 이형의 몸이 썩둑썩둑 잘려 팔다리가, 머리가, 몸이, 사방팔방으로 흩어진다. 마치 믹서에 넣은 과일처럼······. 약간 쇼킹한 영상이었다.

조각난 고깃덩어리가 공중에서 순식간에 증발한다. 결과적으로 지면에 철퍼덕 떨어진 건 머리와 양쪽 낫뿐이다.

비검·진소닉의 위력을 능가하는 새로운 필살기의 첫선이었다.

'괴, 굉장하다……. 이게 아오가사키의, 【청룡】의 진면목인가!'

역시 류가 진영의 넘버2. 나는 아오가사키 레이의 힘을 크게 오인한 것 같다.

아니 틀렸다. 그녀는 틀림없이 이전보다 강해졌다. 날마다 정진—— 그것이 아오가사키 류이다. 이 사람의 본질은 '유행을 좇는 소녀'가 아니라 역시 '검사'다.

'하지만…… 진소닉에 이어 또 칵테일 같은 기술명이로군. 내 안에서 최근 아오가사키의 음주 의혹이 떠오르고 있는데.'

……문득 돌아보니 어느덧 좀비들의 움직임이 멈추었다.

얼마 안 있어 나를 둘러싼 아이들이 그 자리에 털썩털썩 쓰러진다. 바론이 당해서 염파로부터 해방된 것이리라.

"아야야야……. 후우, 죽는 줄 알았네."

몸을 일으켜 책상다리를 하면서 다시 주위를 둘러본다.

역시 다른 관객들도 마찬가지로 여기저기에 쓰러져 있다. 광활한 장내에 각자 되는 대로 뒤섞여 자는 천 명의 사람들…… 장관이며 초현실적이다.

"이치로, 괜찮아?"

류가가 다가오면서 그렇게 물었다.

상당히 돌아다녔을 텐데 그녀는 숨을 하나도 헐떡이지

않았다. 아오가사키가 생각보다 빠르게 바론을 쓰러뜨려 주어서 천 명 전원을 상대할 필요는 없었던 것이다.

나는 머리의 혹을 문지르며 일단 엄지를 세웠다.

"그래, 간신히 무사해. 안타깝지만 도복 바지도 팬티도 무사해."

"무슨 말이야? 그건 그렇고 오늘은 상태가 꽤 안 좋았네. 이치로라면 오백 명쯤 맡겨도 괜찮을 줄 알았는데."

"류가, 나를 과대평가하네. 이게 내 전력이야. 텟짱도 이제 전투력은 거의 남아 있지 않아. 후낫시(후나바시 시의 지역 캐릭터)조차 이기지 못한다고 생각해줘."

"아하하. 시합 회장에 크레이터를 만들어 놓고 잘도 말하네. 그거 이치로가 한 짓이지?"

쓴웃음을 지으며 류가가 손을 뻗는다.

나는 감사히 그 손을 쥐며 영차 하고 일어났다. 쥔 손은 매끈매끈하고 손가락은 가늘고 아무리 봐도 여자애였다.

"어쨌든 간에 한 건 해결했군."

"그러네. 아서왕도 무사한 것 같고."

그런 말을 주고받는데 유키미야와 엘미라도 모였다.

"수고하셨어요."

"사사키란 녀석에게 하는 김에 한 판 땄어요."

그대로 다 함께 전방으로 시선을 돌렸다. 그곳에는 머리를 고쳐 묶는 아오가사키의 뒷모습이 있었다.

"……레이 선배는 역시 멋있어."

마음속에서 우러나온 말을 중얼거리는 류가를 보고 유키미야와 엘미라도 동의하듯이 고개를 끄덕인다.

　"네. 분명 레이 님은 역대【청룡】계승자 중에서도 최강이 아닐까요."

　"저기서 좀 더 여성스러운 면이 있으면 완벽하겠는데."

　솔직한 유키미야와는 대조적으로 농담 말투로 얄미운 소리를 하는 뱀파이어.

　류가는 평소처럼 "이런 이런" 하고 웃은 뒤 다시 아오가사키를 바라보았다.

　"여자다움이 있으면 완벽한가. 그렇다면—— 역시 레이 선배는 완벽해."


7


　끝나고 보니 대장전은 일방적인 완전 승리였다.

　아서왕을 탈환하고 바론과 키리야라는 흉악한 사도를 토벌하고 더욱이 예순이나 되는 잔챙이를 일소할 수 있었다.

　'팔걸 중 한 사람을 쓰러뜨린 건 크군……. 아니 기뻐해도 되는 걸까? 아직【마신】은 둘이나 남아 있고, 너무 적의 전력이 줄어든 건 좋지 않은데…….'

　내 걱정과 상관없이 류가는 아오가사키에게 다가갔다.

　일단 나도 뒤따르려던 때—— 희미한 웃음소리가 장내에 울려퍼졌다.

"크크, 크크크크…… 이것으로 이겼다고 생각하지 마라……."

바론의 목소리다. 놀랍게도 머리밖에 남지 않은 사마귀 사도는 끊어질 듯한 숨으로 아직 살아 있었다.

'정말 끈질긴 놈이야. 게다가 정말 진부한 대사야.'

그렇지만 바닥에 굴러다니던 그 생목은 조금씩 녹아서 증발했다. 곧 소멸해버리겠지만…… 역시 '나락의 팔걸', 굉장한 생명력이다.

"나를 쓰러뜨린 상으로 가르쳐주마……. 【마신】 궁기 님은 이미 부활을…… 이루셨어……."

"궁기 님이……!"

바론의 발언에 한발 먼저 반응한 사람은 드디어 2층석에서 내려온 미온이었다.

궁기. 다시 말해 이 녀석이 다음 【마신】이란 말인가.

제1부의 혼돈, 제2부의 도철에 이어 제3부의 최종 보스인가.

'언제 등장할지 걱정했지만…… 몇 년 후면 어쩌지 싶었지만…… 이미 부활했나.'

그렇다는 건 2학기 시작과 동시에 제3부 시작이라는 형태겠지. 단락 짓기도 좋고 나쁘지 않다. 여름방학도 앞으로 사흘밖에 남지 않았으니까.

돌이켜보면 정말로 농후한 여름방학이었다. 그러고 보니 무언가 중요한 것을 깜빡한 것 같은데…… 뭐였더라?

내 속마음 따위 상관없이 바론이 죽기 직전 대사를 이어 나갔다.

"나는 이미…… 궁기 님께 충성을 맹세했다……. 팔걸 몇 명도 마찬가지다……. 다시 말해 미온, 이쪽에서는 너희 삼 공주야말로…… 숙청 대상이란 거야……."

"흥, 잘됐네. 할 수 있다면 해봐."

용맹스러운 말과 함께 바론의 목을 노려보는 미온.

처음에야 새로운 【마신】의 이름에 동요한 그녀지만 금세 궁기 진영과 한판 붙을 결심을 한 모양이다.

이 정도 배짱이 있지 않으면 코바야시 집안의 보스로 있을 수 없다.

"궁기 님께 거스른 것…… 최대한 후회해라……."

"너희야말로 후회할 거야. 도철 님과 이치로 군을 거스른 것을."

어이 미온, 아무렇지 않게 나를 끼워넣지 마.

"그 허세…… 언제까지 부릴 수 있을까……."

"아오가사키에게 꼼짝 못한 주제에 잘난 척 떠들지 마. 너, 한동안 보지 못한 사이에 실력이 녹슬지 않았어?"

"여전히 신랄하군……. 이런 여자에게 왜 팬클럽 따위가 있는지……."

……그건 그렇고 바론. 너, 죽으면서 하는 말치고 너무 길지 않니?

생각보다 끈질기게 버틴다. 소멸할 때까지 따분한 건 알겠지만……. 생명력이 대단한 것도 고민할 문제다.

"궁기 님도 우려하셨어……. 이계에서 너희 삼 공주의 팬클럽이 날마다 커지는 걸……."

"어쩔 수 없잖아. 우리는 귀여우니까."

"자만은 관둬……. 삼 공주의 인기는 주리의 섹시함과 키키의 복슬복슬함이 있기 때문이다……. 너는 그저 리더일 뿐이야……."

"뭐, 뭐야 그거! 시비 거는 거야?!"

"기억해둬라……. 너는 조시마(TOKIO의 리더 조시마 시게루) 포지션이다……."

"누가 조시마 포지션이야! 너, 해도 되는 말이랑 안 되는 말이 있는 법이야!"

"무인도를…… 개척해라……."

"안 해!"

어이! 이제 그만해! 무슨 얘기야!

'부탁이니 빨리 사라져 바론! 너도 제법 괜찮게 사악한 적이었잖아! 마지막에 와서 평가를 급락시키지 마!'

류가 일행도 이야기에 끼어들어야 할지 말아야 할지 망설이고 있다. 난처한 얼굴을 서로 맞대고 결국에는 "하지만 리더는 좋은 사람 같지?", "네. 자격증도 많이 가지고 있고" 같은 말을 속닥거렸다.

안 돼. 또 긴박감이 사라지고 있다. 이 이야기, 마음을 놓으면 금방 이 모양이다.

"그럼…… 또 언젠가 만나자……. 남장(嵐將) 미온……."

내가 허둥대고 있는데 드디어 바론은 소멸했다.

이 분위기를 어쩌지……. 그렇게 고민할 때. 아오가사키가 이쪽을 돌아보고 늠름한 표정으로 말했다.

"【마신】궁기인가. 상대로 부족함은 없다. 인간계를 위협한다면 우리가 토벌하고 무력화시킬 뿐이다. 그렇지? 류가."

"……그래. 앞으로도 정신을 바짝 차리자. 괜찮아, 모두의 힘을 합하면 우리는 지지 않아."

두 사람의 말에 유키미야와 엘미라도 힘차게 대답했다.

"그렇죠. 그것이 저희의 사명이니까요."

"이 엘미라 매카트니에게 맡기세요."

아아, 다행이다. 성실한 류가와 아오가사키가 간신히 분위기를 되돌려주었다…… 그렇게 내가 안도했을 때.

갑자기 미온이 날아올라 다시 2층석으로 돌아갔다.

그대로 통로로 걸어 나가는 모습을 보니 아무래도 돌아갈 모양이다. 아마도 돌아가는 길에 슈퍼에 들러 탕수육 재료를 살 거라 예상된다.

"미온. 이번 일은 빚으로 달아둬."

아오가사키가 말하자 미온이 걸음을 우뚝 멈추었다.

"빚을 만든 기억은 없어. 말했지? 나는 어디까지나 삼공주로서 직무를 집행했을 뿐이야."

쌀쌀맞은 라이벌의 대답에 아오가사키의 입가에 미소가 떠올랐다.

유키미야에게 볼의 베인 상처를 치유 받으면서 그녀는 지금까지보다 어딘지 모르게 친밀한 말투로 백로 소녀에게 말했다.

"그렇다면 부장전이라는 형태로 싸울 필요는 없었을 거다. 게다가 너는 말했다. '그러려고 일부러 왔다'고. 그건 내가…… 바라지 않은 결혼을 하지 않게 하기 위함이 아니었나?"

미온은 등을 돌린 채 이쪽을 돌아보려 하지 않았다. 하지만 또다시 귀가 빨개진 것으로 보아 정곡이었던 모양이다.

"바, 바론을 쓰러뜨린 정도로 들뜨지 말라구. 그 녀석은 팔걸 중에서는 최약체 장군이니까. 그리고 나한테도 팬은 있어!"

그런 말을 남기고 츤데레 사도는 떠났다.

저 상태로는 돌아가면 또 기분이 안 좋을 수도 있다. 오늘 설거지는 내가 하자. 토테츠로도 돕게 하자.

――이리하여 대항전의 모든 프로그램은 종료하고 경기장에는 우리 다섯 사람과 관객 천 명만 남겨졌다. 축제가 끝난 뒤의 느낌인가.

새삼 장내를 둘러보는데 갑자기 엘미라가 한숨을 쉬고 붉은 머리카락을 긁적이며 물었다.

"그래서 이분들은 어쩌지요? 설마 구급차를 천 대 부를 수는 없어요."

"앞으로 한 시간 정도면 눈을 뜰 테니까 그때까지 기다릴 수밖에 없네요…….”

그런 '축명의 무녀'와 '상암의 혈족' 대화에 개의치 않고 류가가 생각난 듯이 아서왕을 향해 걸어갔다.

“아무튼 학생회장의 용태만 확인해두자. 줄곧 바론에 씌어 있었으니까 쇠약해 있지 않은지 걱정이야.”

유키미야와 엘미라도 따르는 가운데, 아오가사키만 아이들이 있는 곳으로 빠른 걸음으로 다가갔다.

그녀에게는 제자들이 걱정이었을 것이다. 만약 아서왕에게 의식이 있다면 격렬하게 실망했을지도 모른다.

'안 됩니다, 아서왕. 지금은 깨끗하게 아오가사키를 포기해줘. 그리고──.'

그 자리에 우뚝 선 채 나는 경기장에 뚫린 크레이터를 본다. 이어서 무수히 금이 간 벽과 천장에 시선을 돌렸다.

'제발 보수비 청구는 하지 말아줘.'

그것만큼은 부디 용서해주기 바란다.

소드빅스, 수강할 테니까.


같은 시각.

월상관의 본부 도장에서 조금 떨어진 곳에서 그 인물은 하늘을 바라보고 있었다.

아직 태양이 찬란하게 내리쬐는 뻥 뚫린 것처럼 푸르른 맑은 하늘…… 그 안에 번쩍번쩍 빛의 입자가 감도는 것을 그 인물은 재빠르게 발견했다.

"——와라, 바론."

한 손에 든 몹시 오래된 호리병박을 들자 순식간에 빛의 입자가 빨려들어갔다.

그대로 호리병박에 모든 입자가 흘러들어온 것을 확인하더니 그 인물은 호리병 마개를 꾹 닫았다.

"키리야와 바론…… 둘의 혼을 회수했다. 그럼 돌아갈까, 궁기."

그렇게 혼잣말에 대답하듯이 그 인물의 머릿속에 【마신】의 목소리가 들렸다.

'하천부지의 예순넷에 키리야와 바론인가. 오늘 하루 만에 많이 모았군……. 슬슬 저지를까?저질러?'

기쁜 듯한 들뜬 목소리에 그 인물도 덩달아 활짝 웃었다.

"궁기가 내키는 대로 해. 나는 당신의 그릇에 지나지 않아……. 의견을 말할 입장은 아니니까."

그 인물은 오래된 호리병박을 소중히 끌어안고 발길을 돌려 빠른 걸음으로 그 자리를 떠났다.

# 에필로그

이리하여 야마나시 아사오와의 혼담이 발단이 된 아오가사키 레이의 서브 스토리는 막을 내렸다.

처음 예측보다 줄거리가 방대해졌지만 그럭저럭 아오가사키를 파헤칠 수 있었던 것 같다. 특히 최종 전투의 바론과의 일대 일 승부는 그녀의 멋짐이 충분히 발휘되었다.

'다만 류가가 여자라는 사실을 아오가사키 선배에게 들켜버렸지만……'

그 점이 유일하게 마음에 걸린다. 아오가사키는 앞으로 절대 이 이야기에서 히로인 캐릭터가 될 일은 없다. 옷 갈아입는 장면을 주인공에게 들키더라도 화낼 일은 없다.

화는커녕 류가의 집에 묵고 함께 목욕탕에도 들어가는 사이가 되고 말았다. 그게 앞으로의 이야기에 어떻게 영향을 줄지……. 나는 모르겠다.

"──여어, 코바야시. 왼팔 상태는 어때?"

대항전을 치르고 이틀 뒤, 8월 30일. 내일모레면 개학인 그날 오후.

아오가사키가 불러 공원에서 그녀와 만났다.

참고로 이 뒤에 둘이서 히노모리 저택에 가기로 했다. 류가의 코스튬 플레이쇼와 아오가사키의 패션쇼가 동시에 개최될 예정이다.

"네. 붓기는 가라앉았고 이제 괜찮아요."

"아사오도 어제 의식을 되찾았다. 나에게 혼담을 신청한 일은 기억하지만 바론은 기억하지 못하는 것 같더군……. 그걸로 잘된 건지도 모르겠다만."

아서왕은 이번 사건을 모두 자신의 의사로 한 것이라 믿는 듯하다.

그는 그것을 매우 깊이 반성하고 아오가사키에게 크게 사죄했다고 한다. 실제 야마나시 아사오는 밉살맞은 도련님이 아니었던 것 같다.

기억하지 못하기는 바론에게 조종당한 관객들도 마찬가지였다. 그로부터 얼마 지나지 않아 눈을 뜬 그들은 모두 중견전 즈음부터 기억이 없었다.

도철과 대전한 사사키조차도 코바야시 토테츠로에 대한 기억이 애매했다. 뭐, 나한테는 잘된 일이다.

"그러고 보니 아오가사키 선배, 월상관의 간판은 받았어요? 이번 대항전은 서로의 간판을 걸었을 텐데요."

"받을 수야 없지. 그걸 월상관과 대항전으로 부르기에는 지나치게 무리가 있으니까. 나도 【청룡】의 힘을 써버렸고."

"하다못해 '천하의 월상관에 이긴 도장'이란 얘기가 퍼지면 좋은 선전이 될 텐데……."

"필요하지 않아. 도장을 지켰으니 충분해. 그렇지, 미야모토에게 단기 입문 신청이 있었어. 우리 검술에 흥미가 생긴 모양이다."

생각지도 못하게 빼돌리기 공작이 성공했다.

듣자하니 미야모토는 이전부터 아오가사키를 의식하고 있었다고 한다. 같은 여검사로서 남몰래 동경하고 있었다던가.

내 패전도 전혀 쓸모없지는 않았다. 단, 개인적으로는 그다지 그녀와는 접촉하고 싶지 않다. 플래그가 생길 것만 같으니까…….

"카즈히코도 다시 우리 쪽으로 돌아온다는 선택을 재고해보도록 아사오가 권해주겠대. 나도 '돌아온다면 언제든 환영한다'고 말을 전해달라고 했어."

……아무래도 아오가사키를 둘러싼 환경은 전부 좋은 방향으로 향한 듯하다. 아오가사키가 기뻐하며 이야기하는 모습을 보고 있자니 나까지 기뻐졌다.

"그런 이유로 상당히 유감이지만……. 너와의 키스는 나중으로 미루지. 대항전이 이런 형태가 된 이상."

살았다. 고지식한 사람이라 정말로 다행이다.

"코바야시. 이번 일은 고맙다. 네 지지가 있었기 때문에 나는 아주 조금 '민얼굴의 자신'을 보여줄 용기를 얻었어."

"아, 아뇨, 저 같은 건 특별히 뭣도 아닌데요. 시합에도 졌고……."

"승패는 그때그때의 운이잖아? 미야모토를 그토록 궁지로 몬 너의 용감한 모습…… 부끄럽지만 가슴이 설레었다."

볼을 발그레하게 붉히며 G컵에 손을 살포시 올리는 아오가사키. 역시 플래그는 꺾이지 않았구나⋯⋯.

"새삼 코바야시 이치로라는 남자에게 다시 한 번 반한 기분이다."

"기, 기다리세요! 다시 반한다는 건 그 전에 반해둘 필요가 있다고 생각합니다만!"

"전부 말하게 하지 마. ⋯⋯짓궂기는."

아오가사키는 조금 토라진 것처럼 입술을 삐죽였다.

'큰일났다⋯⋯. 플래그가 꺾이기는커녕 더욱 강화되었어!'

확실히 주인공과의 플래그가 꺾인 히로인 후보는 친구 캐릭터와 붙는 일이 흔히 있다. 마치 벌충하듯이.

하지만 이 이야기에서는 금기다.

여주인공이 결혼을 노리고 있는 남자를 아오가사키가 빼앗아버리는 건 상당히 위험하다. 'NTR'이라는 장르는 사람을 꽤 가린다.

"아오가사키 선배, 생각을 바꿔주세요! 나는 최종 전투에서 하반신 노출을 작정한 남자——."

필사적으로 설득하려던 그때.

"얏호——! 레이짱에 잇군! 잘 지냈어?"

공원 입구에서 기운 넘치는 목소리가 들렸다.

잘 보니 작은 체구의 쇼트커트 소녀가 손을 흔들면서 이쪽으로 달려왔다.

"쿠, 쿠로가메?"

말할 필요도 없이 쿠로가메 리나였다. 이 번외편에서 빠르게 이탈한【현무】의 계승자다.

"리나. 캐나다에서 돌아온 건가."

"응, 오늘 아침! 아서왕과의 맞선이 어떻게 됐는지 걱정돼서 지금 레이짱 집에 가는 길이었어!"

그런 거면 전화로 해도 될 것 같지만……. 아니면 옆집 류가를 찾아가면 될 것 같은데……. 역시 이 녀석은 단세포다.

"리나가 없는 동안 난리였었어. 혼담이 대항전이 되고, 거기에 사도까지 얽혀서 말이지."

"그, 그랬어?! 아이쿠~, 또 참가를 못했네."

혀를 빼죽 내밀고 머리를 긁적이는 '성벽의 수호자'. 캐나다 국기 티셔츠가 몹시 얄밉다.

"사도 쪽이 훨씬 좋은 수행 상대였는데……. 회색곰 따위 손바닥으로 목 한번 쳤다고 도망쳐버렸는걸. 요즘 회색곰은 근성이 부족해."

여기에도 월상관과는 상반된 정신론을 외치는 자가 있었다. 애초에 권법가가 스모를 하러 가는 의미를 도통 모르겠다.

"아무튼 리나. 자세한 이야기는 류가의 집에서 하자. 마침 지금부터 그녀를 만나러 가는 참이었어."

"응, 알았어! ……응? 어라? 그녀?"

"류가가 여자애라는 사실을 이제 나도 알아."

"그, 그래?! 레이짱에게 들켜버렸구나!"

"그래. 우연이었지만 완벽한 치어걸 모습의 류가와 맞닥뜨려버렸지."

"아이쿠~. 류짱, 수비가 약하구나……. 뭐, 어때."

쿠로가메는 오버 리액션으로 놀라더니 금방 활짝 웃었다.

지극히 태평한 쿠로가메를 어이없어하면서 셋이서 걷고 있을 때.

"그러고 보니 코바야시. 시오리에게 주리 얘기 들었어."

갑작스럽게 아오가사키가 그런 소리를 했다. 그리고 나는 그 순간, 퍼뜩 보건교사 헤비즈카 건을 떠올렸다.

그랬다. 주리 녀석, 우리 학교에서 일할 작정이다. 요새 정신없어서 그 문제를 완전히 내팽개쳤었다!

'내일모레면 벌써 2학기가 시작되어버려. 오늘 밤쯤에 주리와 이야기를 해야지……. 응? 내일모레부터 2학기?'

다음 순간, 나는 또 한 가지가 떠올랐다.

여름방학 숙제, 거의 하지 않았어! 요새 정신없어서 그 문제를 완전히 내팽개쳤었다!

오메이 고등학교는 그럭저럭 대학을 보내는 학교다. 숙제를 깜빡했다가는 상당히 난감한 페널티가 부과된다. 다시 말해 보충과 추가 과제다.

"왜 그러지 코바야시. 안색이 많이 나쁜데."

아오가사키가 의아해하며 내 얼굴을 들여다본다.

슥 다가온 단정한 생김새는 역시 오싹할 정도로 아름다

웠다. 아니, 오싹한 건 숙제 탓일지도 모르지만.

'일단 텟짱과 삼 공주를 총동원해 끝내는 수밖에 없어. 도움이 될 사람은 미온 하나일 수도 있지만…… 그렇지! 주리에게 부탁해 선생님들을 세뇌하면…….'

그런 나쁜 계략을 세우면서 세 사람이 모퉁이를 돈 순간.

"앗, 이치로에 레이 선배! 리나까지!"

거기서 앞에서 달려오던 류가와 딱 마주쳤다.

"어라, 류가? 왜 이런 데 있어?"

"마침 잘됐어! 마중 나왔어!"

어째서인지 그녀는 심하게 허둥댔다. 곧 나와 아오가사키가 방문하는 건 알고 있었을 텐데…… 어째서 일부러 나온 거지.

"무슨 일이 있었어?"

"응. 조금 전에 엘에게 메시지가 와서……."

"엘미라에게?"

"대체 어떻게 된 영문인지 알 수 없어서……. 바로 전화했지만 엘은 도통 받지를 않고……. 아무튼 이치로에게 의논하려고."

상황이 제대로 파악되지 않는다. 아오가사키와 쿠로가메도 눈살을 찌푸리고 얼굴을 마주 보았다.

"엘미라에게 어떤 메시지가 왔어?"

물어보니 류가는 설명 대신에 휴대전화를 내밀었다.

아니나 다를까 액정에는 엘미라가 보낸 메시지가 표시

되어 있었다.

'류가에게. 진심으로 사죄드립니다. 저, 엘미라 매카트니는 사정이 있어 사도의 편에 서기로 했습니다.'

…………응?

화면을 응시하면서 멍하니 얼이 빠진 나와 아오가사키와 쿠로가메.

"사도의 편에 서……?"

"어, 어떻게 된 거지?"

"엘짱, 무슨 말을 하는 거야?"

휴대전화를 내리고 류가가 "그러니까" 하고 힘없이 고개를 끄덕였다.

여기에 있는 건 그녀의 비밀을 아는 자들뿐이라 여자애 말투였다.

"나는 지금 엘의 맨션에 다녀올게. 다들 함께 가지 않을래?"

"아, 그래……."

"나는 엘이랑 싸울 수 없는걸. 엘은—— 소중한 동료니까."

월상관과 대항전이 막 끝난 참이건만.

새로운【마신】, 궁기가 부활했건만.

여름방학 숙제가 잔뜩 쌓였건만.

——붉은 머리 뱀파이어가 또 다른 트러블을 가져왔다.

# 후기

여러분, 잘 지내셨습니까. 다테 야스시입니다.

이번에 『친구 캐릭터는 어렵습니까? 3』을 골라주셔서 정말로 감사드립니다! 이렇게 세 번째 재회를 이룬 것이 무척 기쁩니다. 빨간 실의 존재마저 느낍니다.

이번에는 서브 스토리라 칭하는 번외편 형식이었습니다.

그러나 그건 코바야시 이치로가 멋대로 생각하는 바이고 시리즈적으로는 일반적으로 충분히 본편입니다. 1,2권보다 페이지 수가 많은 번외편이라니 이상하잖아…….

그리고 당연하다면 당연하지만 역시 이번에도 코바야시는 계속 눈에 띕니다. 2권 후기에서 '3권에서는 타이틀에 거짓 없는 전개로 쓰고 싶다'고 했건만 그의 친구 사기는 그칠 줄을 모릅니다.

이대로면 『아직 친구 캐릭터라고 우기고 있습니까?』, 『어디가 친구 캐릭터입니까?』, 『정말로 진짜 이게 뭡니까?』로 제목을 바꿔야 할 수도 있겠습니다.

여러분께서는 보살의 마음으로 앞으로도 함께 해주시기를…… 간절히 바랍니다.

앞으로도 『정말로 진짜 이게 뭡니까?』를 잘 부탁드립니다!

이어서 늘 하는 감사 인사를 하겠습니다.

담당을 비롯한 가가가문고 편집부 여러분. 이번에도 정말로 신세졌습니다. 4권도 열심히 쓸 테니 부디 함께해주세요.

또, 멋진 일러스트를 그려주신 베니오 님. 등장인물이 많아서 죄송하지만 선생님이 그리신 캐릭터에 매번 두근두근합니다.

그 밖에 여러 관계자 여러분의 도움 덕분에 이 작품은 세상에 나올 수가 있었습니다. 그리고 읽어주신 독자 여러분이 있기에 이렇게 뒷권을 냈습니다.

그 행복과 감사를 잊지 않고 앞으로도 열심히 써야겠습니다.

매번 후기에서는 비슷한 말만 하지만 그게 솔직한 마음입니다.

그리고 이것 역시 매번 하는 말이지만 여러분과의 네 번째 재회를 절실히 바랍니다.

이상입니다. 감사합니다!


다테 야스시

YUJIN CHARA WA TAIHEN DESUKA? Vol.3
by Yasushi DATE
©2016 Yasushi DATE Illustrated by BENIO
All rights reserved.
Original Japanese edition published by SHOGAKUKAN.
Korean translation rights in Korea arranged with SHOGAKUKAN
through Shinwon Agency Co.

# 친구 캐릭터는 어렵습니까? 3

2018년 3월 15일 1판 1쇄 발행
2019년 8월 15일 1판 2쇄 발행

| | | |
|---|---|---|
| 저 자 | 다테 야스시 | |
| 일 러 스 트 | 베니오 | |
| 옮 긴 이 | 박시우 | |
| 발 행 인 | 유재옥 | |
| 본 부 장 | 조병권 | |
| 담당편집자 | 조찬희 | |
| 편 집 1팀 | 정영길 김민지 이성호 조찬희 | |
| 편 집 2팀 | 김다솜 | |
| 편 집 3팀 | 박상섭 김효연 | |
| 라이츠담당 | 박선희 | |
| 디 지 털 | 최민성 박지혜 | |
| 발 행 처 | ㈜소미미디어 | |
| 등 록 | 제2015-000008호 | |
| 주 소 | 서울시 마포구 토정로222, 403호 (신수동, 한국출판콘텐츠센터) | |
| 판 매 | ㈜소미미디어 | |
| 마 케 팅 | 한민지 한주원 | |
| 물 류 | 허석용 최태욱 | |
| 전 화 | 편집부 (070)4164-3962, 3963  기획실 (02)567-3388 | |
| | 판매 및 마케팅 (070)4165-6888, Fax (02)322-7665 | |

ISBN 979-11-6190-420-7 04830
ISBN 979-11-6190-091-9 (세트)